LEKTÜREN FÜR DEN RELIGIONSUNTERRICHT

herausgegeben von

Georg Bubolz und Gerhard Röckel

Jostein Gaarder

Die Diagnose

PATMOS

Jostein Gaarder, Der seltene Vogel
(daraus: Die Diagnose)
aus dem Norwegischen von Gabriele Haefs

Titel der Originalausgabe Diagnosen – og andre noveller

1. Auflage 2001
Satz: Dörlemann Satz, Lemförde
Druck und Bindung: Grafo, S. A., E-Basauri
ISBN 3-491-75711-8

Inhalt

Zur Einführung

Die Erzählung

Anhang

1. Jostein Gaarder und sein Werk

1.1 Zur Biographie des Autors

»Ich bin überwältigt vom Dasein, von der Existenz an sich, ich empfinde mich als Teil eines großen Geheimnisses. Das ist meine Inspirationsquelle, die nicht versiegen kann.« So lautet das schriftstellerische Bekenntnis Jostein Gaarders.

Der Autor wurde am 8. August 1952 in Oslo/Norwegen als Sohn eines Lehrerehepaares geboren. Er studierte bis 1976 Nordistik, Philosophie, Ideen- und Religionsgeschichte in seiner Geburtsstadt Oslo und unterrichtete in Bergen zehn Jahre lang zunächst Religion am Gymnasium, dann Philosophie am Abendgymnasium. 1982 begann seine schriftstellerische Tätigkeit mit der Novelle »Katalog«. Seit 1986 schrieb er Erzählungen und Romane für Kinder und Erwachsene. Nach einigen Erfolgen auf dem Gebiet der Kinder- und Jugendliteratur gab er seine Lehrtätigkeit an Schulen und in der Erwachsenenbildung auf. Internationale Berühmtheit erlangte er mit seinem Roman »Sofies Welt« (1991), der inzwischen in über vierzig Sprachen übersetzt und als Bestseller weltweit über 10 Millionen mal verkauft wurde. Jostein Gaarder ist mit Siri Gaarder, Theaterwissenschaftlerin und Lehrerin, verheiratet und hat mit ihr zusammen zwei Söhne. Er arbeitet als freier Autor in Oslo. Seine Romane und Erzählungen sind mit zahlreichen Literaturpreisen bedacht worden.

An Auszeichnungen für sein Werk erhielt er so u.a.: Luchs 24 (1993), Deutscher Jugendliteraturpreis (1994), Preis der Deutschen Schallplattenkritik (1995), Jugendbuch des Monats/Deutsche Akademie für Kinder- und Jugendliteratur (1995/1996), Das goldene Kabel (1996), Österreichischer Jugendbuchpreis der Jury junger Leser (1997), Buxtehuder Bulle (1997).

Der Roman *Sofies Welt* wurde erfolgreich verfilmt und seit 1999 in zahlreichen deutschen Kinos gezeigt.

1.2 Zum Werk Jostein Gaarders

Mit der Sammlung von Erzählungen unter dem Titel »Ein seltener Vogel« (1986) wurde Jostein Gaarder als Schriftsteller zunächst nur in Norwegen bekannt. Die Geschichten umkreisen existenzielle Themen, die in den folgenden Romanen wieder aufgegriffen und vertieft werden. In dem Debütband versammelt der Autor zehn Erzählungen, in denen Grenzen überschritten werden: Grenzen zwischen Realität und Traum, zwischen

Zeit und Unendlichkeit, zwischen Leben und Tod. Einmal wird die düstere Vision einer bedrohlichen Zukunft gezeichnet, dann wieder handeln die Kurzgeschichten von ganz gewöhnlichen Leuten der Gegenwart, die aus ihrem normalen Leben herausgerissen werden und an den Abgrund ihrer Existenz gestoßen werden. Spielerisch und einfühlsam nähert sich Gaarder den großen Fragen des Lebens. Alle diese Geschichten voller Poesie und Melancholie enthalten bereits in nuce die Fragen nach der eigenen Identität oder nach dem Sinn der Existenz, die in den Romanen »Das Kartengeheimnis« (1990), »Sofies Welt« (1991), »Durch einen Spiegel, in einem dunklen Wort« (1993) oder »Maya« (1999) entfaltet werden.
»Die Philosophie kann uns etwas über Lebenskunst lehren. Wir lassen uns oft nicht die Zeit, ein unergründliches Lächeln zu deuten. Auf diese Weise lassen wir uns die reinsten Glücksquellen stehlen. Das Glück kann etwas so Einfaches sein wie die Entdeckung, dass der Himmel blau ist oder dass die Vögel in der Schar fliegen – wenn sie vollzählig sind«, erläutert der Autor.
Die vorliegende Geschichte mit dem Titel »Die Diagnose« entstammt der genannten Sammlung »Ein seltener Vogel«, einer Reihe von phantasievollen Erzählungen, die sich den Wundern des Denkens nähern: »Den größten Teil der Zeit verschläft die Welt. Den größten Teil des Raumes auch. Nur ab und zu reibt sie sich den Schlaf aus den Augen und erwacht zum Bewusstsein ihrer selbst. ›Wer bin ich?‹, fragt die Welt. ›Woher komme ich?‹ Für einige Sekunden hat der seltsame Vogel auf unserer Schulter Platz genommen.«

2. Die Erzählung und ihre Einordnung in den unterrichtlichen Kontext

In der Erzählung »Die Diagnose« wird unter anderem die Spannung thematisiert, die Jenny Hatlestad, eine junge Frau, zwischen den ihr immer fragwürdiger werdenden christlichen Glaubensinhalten und den sie zunehmend stärker anziehenden buddhistischen Glaubensüberzeugungen empfindet. Die christliche Botschaft von Ostern wird so kontrastiv der Lehre des (tibetischen) Buddhismus gegenübergestellt. Die buddhistische Lehre könnte im Kern folgendermaßen auf den Punkt gebracht werden: Wenn du alles loslässt, Dinge, Begriffe, Lehrer, den Buddha, das Selbst, die Sinne, Erinnerungen, das Leben, den Tod, die Freiheit: lass los und alles Leiden wird aufhören. Die Welt wird sichtbar, wie sie ursprünglich und an sich existiert, und du wirst die Freiheit Buddhas erfahren. – Ganz ohne Vorkenntnisse über Buddhismus und Christentum dürfte die Lektüre nur schwer zu rezipieren sein.

Bei Verwendung des Buches »Jesus begegnen. Impulse aus dem Evangelium« aus der Reihe AKZENTE RELIGION **Band 3** (Patmos Verlag Düsseldorf) bietet es sich daher an, »Die Diagnose« erst im Anschluss an die Kapitel »V. Leiden und Sterben – Passion und Tod Jesu« (S. 115–145) und »VI. Vom Tod zum Leben – Dem Auferstandenen begegnen« (S. 146–165) zu lesen. Vor allem sollten die Abschnitte »Der Tod Jesu und Buddhas im Vergleich – Eine buddhistische Annäherung« (S. 141–143) sowie »Der Glaube an die Wiedergeburt – Was Buddhisten nach ihrem Tod erwarten« (S. 154–157) als Vorbereitung erarbeitet sein. In diesem Zusammenhang müsste eine zusätzliche (kurze) Einführung in den Buddhismus erfolgt sein, aus der unter anderem hervorgeht, wie die unterschiedlichen Richtungen des Buddhismus z.B. »Wiedergeburt« interpretieren, so dass zumindest in Grundzügen die Aussagen zum Buddhismus eingeordnet (d.h. hier der Richtung des Theravada bzw. des Vajrayana zugeordnet) werden können. Anregungen und Zusatztexte dazu finden sich im Anschluss an die Erzählung Jostein Gaarders.
Zur Erklärung von Begriffen und Sachverhalten bei der Lektüre befindet sich im Anhang ein ausführliches Glossar.

3. Zur unterrichtlichen Arbeit mit der Lektüre[1]

1. Zur Vorbereitung der Lektüre

- Informieren Sie sich über Grundzüge des Buddhismus (siehe Texte im Anhang: M1–M3). Evtl. ist ein Kurzreferat mit Schaubildern anzufertigen.
- Weisen Sie anhand einer Buddha-Statue die wesentlichen Elemente buddhistischen Glaubens nach (siehe Anhang: M1).
- Sammeln Sie Informationen über die Entwicklung und Ausformung unterschiedlicher Richtungen des Buddhismus (Theravada, Vajrayana, Mahayana) mit ihren spezifischen Eigenheiten.
- Notieren Sie Assoziationen zum Titel »Die Diagnose« (Jostein Gaarder) und stellen Sie diese in eine Verbindung zur gelegentlich vorgenommenen Charakterisierung des Buddha als Arzt (siehe auch Anhang: M3).

---

1 Die im Folgenden skizzierten Arbeitsschritte bringen eine Auswahl von Aspekten, Fragen und Anstöße, die bei der Lektüre der »Diagnose« eine Rolle spielen könnten. Die Liste ist jederzeit erweiterbar oder zu kürzen oder auch – je nach dem leitenden Interesse – mit anderer Akzentuierung zu versehen. Obwohl die eindeutige Zuordnung der Aspekte zu einem einzigen Arbeitsschritt nicht immer möglich ist und es häufig zu Überschneidungen kommt, vermag eine solche Strukturierung in Einzelschritten die Texterschließung zu steuern und sie inhaltlich und methodisch transparenter zu gestalten.

- Befragen Sie Angestellte in einem Krankenhaus oder Altenheim (Pfleger, Schwestern, medizinisches Personal), mit welchen Leiderfahrungen sie konfrontiert werden und wie die Betroffenen mit Diagnosen wie Krebs umgehen.

2. Lektüreaufträge

- Geben Sie die Gliederung der Geschichte anhand der vorgegebenen Abschnitte wieder und ordnen Sie den vom Verfasser gewählten Überschriften das äußere Geschehen und die seelischen Zustände von Jenny Hatlestad zu.
- Beschreiben Sie mit Hilfe der Gliederung die innere Entwicklung von Jenny.
- Sammeln Sie aus dem Text wesentliche Informationen/Sichtweisen zur Gestalt Jesu (Christi) und zur Gestalt von Gautama Siddhartha (Buddha).

3. Textwiedergabe und Textbeschreibung

- Erstellen Sie ein Psychogramm von Jenny Hatlestad, in dem ihre seelische Entwicklung graphisch zum Ausdruck kommt. Geben Sie an Wendepunkten markante äußere Ereignisse und entsprechende innere Erlebnisse an.
- Entwickeln Sie zum seelischen Zustand am Anfang und am Ende der Geschichte jeweils ein Standbild und erörtern Sie das, was wohl dazwischen liegt.
- Stellen Sie eine Tabelle her, aus der die Unterschiede in der Betrachtung der Gestalt Jesu Christi und der Gestalt des Buddha hervorgehen. Welches Bild von den beiden Personen wird von der Hauptperson jeweils vermittelt?
- Was erscheint ihr am Christentum unverständlich?
- Wie wird der Kreuzestod Jesu beschrieben?
- Wie kommt es zum positiven Bild Jenny Hatlestads bezüglich der Gestalt des Buddha? Welche Einstellung zum Buddhismus kommt zum Ausdruck?
- Beschreiben Sie das geschilderte Erlebnis von Jenny Hatlestad, das bei ihr zur »Erkenntnis« (Erleuchtung?) führte. Inwiefern wird diese Erkenntnis buddhistisch gedeutet?

4. Textdeutung und Texterörterung

- Wie setzt sich der Autor mit dem christlichen Osterglauben auseinander?
- Diskutieren Sie, inwiefern das Verständnis des christlichen Osterglaubens adäquat wiedergegeben ist.

- Welche Denkanstöße, welche Handlungsimpulse dürfte der Autor in seinem Text vermitteln wollen?
- Welche persönlichen Erfahrungen dürften den Text von Jostein Gaarder beeinflusst haben?
- Das Leben – ein Mysterium? Welche Impulse zum Nachdenken bietet die Geschichte?
- Welche Handlungsimpulse ergeben sich für Jenny Hatlestad aus ihrer Erkenntnis?

5. Textbewertung
- Hilft die Erzählung bei der Bewältigung leidvoller Situationen?
- Sollte sie krebskranken Menschen zur Lektüre empfohlen werden?

6. Textanwendung
- Schreiben Sie den Text (oder einen Textauszug) um, indem Sie die Perspektive wechseln (statt »sie« nun »ich«). Was verändert sich?
- Eine Sicht von Jennys Schicksal aus der Perspektive von Anders Løvstakken.
- Spielen Sie das Gespräch zwischen Anders und Jenny nach.
- Verfassen Sie ein Drehbuch für einen Film/schreiben Sie die Kurzgeschichte als Hörspiel um. Überlegen Sie sich bei der Realisierung dieses Projekts, welche Musik Sie unterlegen wollen.
- Schreiben Sie einen »Gegentext«, in dem deutlich wird, wie aus einer christlichen Sicht mit der Diagnose »Krebs« (oder mit Krankheit allgemein) umgegangen werden sollte.
- Arrangieren Sie im Rollenspiel einen interreligiösen Dialog zwischen einer Buddhistin/einem Buddhisten und einer Christin/einem Christen zum Thema »Umgang mit der Diagnose Sterben-Müssen« (siehe Anhang: besonders M4 und M5).

Jostein Gaarder

Die Diagnose

Asphalt

Bremsen kreischen, ein Auto hupt.

Wieder ertappte sie sich dabei, wie sie auf dem Bürgersteig stehen geblieben war. Sie hatte das Gefühl, aus einem Traum zu erwachen. Oder von einem Traum in einen anderen geraten zu sein.

Um sie herum herrscht ein Gewimmel wie in einem Ameisenhaufen. Die Leute scheinen allesamt von irgendeiner unsichtbaren Kraft gelenkt zu werden.

Nur sie steht still, nur sie ist stehen geblieben. Nur sie ist wirklich wach.

Noch nie waren ihre Sinne so scharf gewesen wie an diesem Tag. Sicher, sie hatte gesehen und gehört und von allem gewusst. Aber noch nie hatte sie Luft und Auspuffgase und den nassen Asphalt so gerochen wie heute. Nie hatte sie es so stark empfunden wie jetzt: dass es sie gab, dass sie existierte.

Als Kind vielleicht? Und gerade ihre Kinderzeit stand ihr plötzlich ganz lebhaft vor Augen. Wo hatte die sich bloß in all den Jahren versteckt?

Sie war fünf Jahre alt, sie war acht, sie war elf ...

Und jetzt war sie sechsunddreißig ... Die Zeit dazwischen war wie im Flug verstrichen. Ihr ganzes Erwachsenenleben war wie eine lange Reise, die sie selbst nur aus zweiter Hand kannte.

Den ganzen Vormittag hindurch hat es wie aus Eimern geregnet. Jetzt klärt der Himmel sich auf. Und das Licht kommt ihr unbarmherzig scharf vor.

Ein Kind ruft nach seiner Mama. Unverständliche Worte werden hinter ihrem Rücken gewechselt. Ein Betrunkener stößt sie beiseite. Die schweren Räder des Busses wirbeln Wasser auf, das auf den Bürgersteig spritzt.

Einen Moment noch bleibt sie, wie am Asphalt angeleimt stehen. Als einziger untätiger Punkt im ganzen Wirrwarr. Dann bewegt sie sich wieder zwischen all den anderen Menschen.

Jenny schlendert durch die Stadt. Sie hat es nicht eilig, sie hat nichts Dringendes vor. Sie gehört nicht länger in dieses ohrenbetäubende Menschengewirr.

Zum ersten Mal im Leben war sie sich selbst überlassen. Sie fühlte sich fremd hier auf dem großen Marktplatz, wo die Menschen in alle Richtungen auseinander strebten, mechanisch, wie in einem alten Stummfilm. Sie hatte Angst, Angst …

Röntgen

Begonnen hatte es mit geschwollenen Lymphdrüsen. Und sie hatte gewusst, was das bedeuten konnte. Es war möglicherweise das Ende von allem. Genauso gut konnte es aber auch eine harmlose Infektion sein. Höchstwahrscheinlich sogar war es eine harmlose Infektion. Dennoch … sie war zum Betriebsarzt gegangen … Denn es waren ja nicht nur die Lymphdrüsen. Sie war so unbeschreiblich schlapp. Und immer hungrig. Sie aß und aß, ohne jemals satt zu werden. Und ihr war schwindlig, in letzter Zeit war ihr oft so verdammt schwindlig gewesen.

Der Arzt hatte sie untersucht. Zuerst natürlich die Lymphdrüsen, dann ihren ganzen Körper. Er hatte sie einem hochnotpeinlichen Verhör unterzogen.

Die Art, wie er sie ausgefragt hatte …

Dann hatte er ihr Blut abgenommen für einen Test nach dem anderen. Sie hatte keine Ahnung gehabt, dass es so viele verschiedene Tests gab.

Einige Tage später hatte der Arzt sie wieder zu sich bestellt. Es war der Montag vor Ostern. Zwei Blutproben hatten einwandfrei positive Ergebnisse erbracht.

Sie hatte aus der vorsichtigen Ausdrucksweise des Arztes herausgehört, dass hier etwas nicht stimmte, dass etwas ganz und gar nicht stimmte.

»Sie sind nicht ganz gesund …«

Und dabei hatte er sie so seltsam angeschaut …

Am nächsten Tag hatte sie dann zum Röntgen gemusst. Die Bilder hatte sie selbst abgeholt. Das war am Tag vor Gründonnerstag.

Jenny hatte gewusst, dass Röntgenstrahlen giftig sind. Aber dass die ganze Atmosphäre eines Röntgeninstitutes so vergiftet sein musste, so radioaktiv!

Sie hatte sich an eine Frau mittleren Alters an der Rezeption gewandt, ihren Namen genannt – und den ihres Arztes. Die Sprechstundenhilfe hatte sofort den grauen Umschlag mit den Aufnahmen zur Hand gehabt – als habe sie schon den ganzen Tag auf Jenny gewartet.

Auf dem großen Umschlag hatte ein kleinerer weißer Briefumschlag gelegen. Die Sprechstundenhilfe hatte einen maschinenbeschriebenen Zettel im A-4-Format herausgezogen. Jenny hatte nur sehen können, dass einige Zeilen unterstrichen waren, dann hatte die Sprechstundenhilfe den Zettel zu den Aufnahmen in den großen Umschlag gesteckt. Aber sie hatte Jenny so seltsam angesehen, als sie ihr den Umschlag reichte und sie bat, ihn selber ihrem Arzt auszuhändigen.

Jenny war auf die Straße hinausgegangen. Dort war sie lange stehen geblieben und hatte dabei den Umschlag in der Hand gehalten.

Sie war so einsam gewesen, so ganz und gar einsam.

Sie hatte ihr inneres Porträt in den Händen gehalten. Und das war so endlos viel wichtiger als ihr Äußeres!

Der Umschlag war versiegelt und mit dem Aufdruck versehen: »ÄRZTLICHE UNTERLAGEN. NUR VOM BEHANDELNDEN ARZT ZU ÖFFNEN.«

Es sollte alles seine Ordnung haben. Jenny gehörte nicht zu denen, die aus dem Affekt heraus handelten. Sie wollte einen zuverlässigen Kurier abgeben. Ihr inneres Porträt sollte dem Arzt ungeöffnet ausgehändigt werden.

Es wäre ja auch dumm, den Arzt zu provozieren. Darunter konnte schließlich die Behandlung leiden ...

Die Wahrheit war, dass sie das Siegel sofort gebrochen hätte, wenn sie nur den Mut dazu gehabt hätte. Denn wer war schon der Arzt? Schließlich ging es um ihren Körper.

Sie hatte angerufen, um einen neuen Termin auszumachen. Und der war ihr sofort bewilligt worden.

»Kommen Sie doch gleich«, hatte die Sprechstundenhilfe vorgeschlagen.

Sie hatte sicher ihre Beziehungen. Bestimmt wussten sie alle von Jennys Situation. Und das war eine Situation, aus der man sich nicht so leicht wegstehlen konnte.

Der Vorteil des Krankseins ist, dass man ernst genommen wird. Die Leute sind höflich und rücksichtsvoll ... Jetzt war Jenny ein Fall. Jetzt war sie fast schon prominent.

Der Umschlag! Der Arzt hatte sie so seltsam angesehen, als sie ihm den Umschlag aushändigte.

Und dann – dann hatte er es ihr gesagt. Auf eine beinahe giftigmilde Art, in einem so entsetzlich verständnisvollen Tonfall, dass es schon fast boshaft klang.

Er hatte sich erhoben, sobald er den Umschlag geöffnet hatte.

»Setzen Sie sich«, hatte er gesagt. Gebieterisch und lächelnd. Denn jetzt hatte er es nicht mehr eilig.

Ein Arzt, der es nicht eilig hat. Ein schlechtes Zeichen.

Wo nur hatte sie dieses Lächeln schon einmal gesehen? Eine Mischung aus professionell dosiertem Mitgefühl und ebensolcher Tatkraft: ›Das schaffen wir schon! Verlassen Sie sich nur ganz auf mich!‹

Er hatte die kurze Mitteilung des Röntgenlabors gelesen und einen kurzen Blick auf die Aufnahmen geworfen. Der Ordnung halber. Schließlich hatte er auf die Uhr geschaut (warum eigentlich?), dann hatte er sich an den Schreibtisch gesetzt, auf dem der grausame Umschlag jetzt lag.

»Sie sind nicht ganz gesund. Nein, Sie sind krank. Sie sind wirklich krank ...«

An diese Worte konnte sie sich erinnern. Sie waren ihr ins Gedächtnis gebrannt. Aber sie waren auch das Einzige, woran sie sich nach diesem Gespräch erinnern konnte. Der Rest war eine einzige nervenaufreibende Szene gewesen. Und alles, was sie jetzt sicher wusste, war das Ergebnis, das Urteil, die Diagnose.

Wahrscheinlich – ich denke, wir sollten jetzt ganz offen miteinander sprechen und so weiter –, wahrscheinlich litt sie an Krebs im fortgeschrittenen Stadium, der schon ins Lymphsystem gestreut hatte. Leider, leider ... Daher auch die geschwollenen Lymphdrüsen. Und die Aufnahmen, die Aufnahmen zeigten bereits Aktivitäten im inneren Lymphsystem ... Es war schon so viel Zeit vergangen. Und es war gar nicht leicht, so etwas rechtzeitig zu entdecken und so weiter ... Aber – heutzutage war nichts unmöglich. Für eine Behandlung war es nie zu spät ... wenn nur die Götter einem beistanden. Als erstes sollte sie in der Osloer Klinik für Radiologie und Strahlentherapie neue Untersuchungen vornehmen lassen. Wenn möglich, sofort nach Ostern ... Denn heutzutage, in unserer schnelllebigen Zeit, war nur das Beste gut genug. In den USA hatte ein Arzt in Fällen wie ihrem angeblich wahre Wunder vollbracht. Eine neue Therapie, eine Kur ... Sie sollte nur nicht den Mut verlieren. Er hatte selbst eine Schwester ..., und die war vollständig geheilt worden ...

Bestrahlung

Die Überweisung steckte jetzt in Jennys Manteltasche. Sie war auf dem Weg zum Bahnhof, um den Nachmittagsexpress nach Oslo zu nehmen. Schon am nächsten Morgen, am Mittwoch um acht Uhr, wurde sie in der Radiologie erwartet.

Bestrahlung! Da war dieses Wort wieder. Es ging durch Mark und Bein.

Jenny war davon überzeugt, dass sie Bergen zum letzten Mal sah. Deshalb hatte sie den Bus am Hafen verlassen. Sie hatte einen letzten Blick hoch zum Berg Fløien geworfen. Dann war sie über den Markt geschlendert und die Torgalmenning hochgegangen. Und jetzt stand sie vor dem Restaurant »Holbergstuen« und las die Speisekarte im Glaskasten. Sie hatte viel Zeit, ihr Zug ging erst um Viertel vor vier.

Hering, Entrecôte, Cordon bleu …

Jenny konnte nicht begreifen, wie irgendein Mensch auf dieser Welt Appetit verspüren konnte.

In der Glasscheibe vor der Speisekarte sieht sie das Gesicht einer Frau.

Das bin ich, denkt sie. Das ist Jenny Hatlestad …

Jennys Leben war wie im Flug vergangen. Doch die letzten Tage waren zur Ewigkeit geworden. Sie hatte die ganze Skala von Reaktionen auf die Diagnose, auf ihren neuen Status, durchlebt.

Wut. Depression. Protest. Aufruhr. Verbitterung. Trauer …

Sie hatte sich an alles geklammert, was sie an Familie und Freunden, an Mitmenschen hatte auftreiben können. Wie klein und dumm sie gewesen war!

Jetzt war all das ausgeschöpft. Jetzt war sie nur noch müde und leer.

Wer war sie jetzt? Alles, was ihr geblieben war, alles, was sie auf diese Reise nach Oslo mitnahm, waren unzusammenhängende Bilder aus ihrer Kindheit, aus ihrer Jugend in Sandviken, waren zufällige Szenen aus ihrer Studienzeit in Trondheim.

Dann hatte sie geheiratet. Dann hatte sie keine Kinder bekommen. Dann hatte sie sich scheiden lassen.

Ach, Johnny! Lieber Johnny … Vielleicht wanderst du noch immer durch Trondheim und sehnst dich nach mir.

Jenny und Johnny. Es war zu idyllisch gewesen. Zu friedlich für sie. Zu perfekt. Also hatte sie sich befreit. Junge Diplom-Chemikerin auf eigenen Füßen …

Es war unfassbar, dass das alles im Laufe eines einzigen Osterurlaubs geschehen sein sollte. Vor zwei Wochen hatte sie einen Arzttermin ausgemacht, eigentlich nur für eine Routineuntersuchung, bevor sie zu Ostern ins Mjølfjell fahren wollte. Und der Arzt hatte ihr auch nicht von der Reise abgeraten. Nur hatte sie sich so schlapp gefühlt. Deshalb war sie zu Hause geblieben, auf jeden Fall über Palmsonntag. Am Montagmorgen hatte dann das Telefon geklingelt. Ob sie in der Praxis vorbeischauen könne. Gerade seien die Ergebnisse der Blutproben gekommen …

Von diesem Moment an war alles Schlag auf Schlag gegangen. Routiniert. Mit der kalten und schrittweisen Notwendigkeit der medizinischen Wissenschaft.

Ostern …

Vor wenigen Tagen erst war Jesus im Triumph auf einem Esel in Jerusalem eingeritten … Ja, auf einem Esel. So etwas Naives! Sie hatte sich das doch nie überlegt. Und doch …

Dann hatte er mit seinen Jüngern zu Abend gegessen, das letzte Abendmahl. Am nächsten Morgen hatte Judas ihn verraten. Und dann – auf dem nächsten Bild war er mit seiner schweren Last auf den Schultern auf dem Weg nach Golgatha.

Es war nur ein kleiner Schritt vom Triumph zur Erniedrigung. Mein Gott, mein Gott, warum hast du mich verlassen!

Blödsinn. Sie hatte Angst. Sie war überspannt. Aber Ertrinkende greifen nun mal nach jedem Strohhalm.

Strohhalm … Da war es wieder. Jetzt das Weihnachtsevangelium. Fürchtet euch nicht. Siehe, ich verkündige euch große Freude …

Jenny war nie religiös gewesen. Aber sie hatte in den letzten Tagen viel Radio gehört. Und das mit Ostern musste ihr einfach zu denken geben. Via dolorosa …

Immerhin befand sie sich in guter Gesellschaft. Sie war nicht der erste Mensch in der Geschichte, der sterben musste. Im Alter von ungefähr Mitte Dreißig.

»Tüüüt!«

Wieder reißt sie eine Autohupe aus ihren Gedanken. Der Verkehr, dieser absurde Verkehr.

Jenny begriff nicht, wie jemand es so eilig haben konnte. Sie war von diesem Karussell abgesprungen. Wenn auch unfreiwillig. Sie war hinausgeworfen worden. Das war offenbar nötig gewesen, um zu erkennen, wie sinnlos dieser ohrenbetäubende Lebenstanz doch war.

Waren die anderen, waren sich diese vielen Menschen um sie herum denn überhaupt darüber im Klaren, dass sie existierten? Waren sie aufmerksamer als eine Herde von grasenden Kühen?

Wohl kaum. Wer nicht auf der Schwelle zum Tod stand, erlebte auch das Leben nicht wirklich. Das Leben war etwas, woran man bei Beerdigungen dachte. Oder höchstens an einem Krankenbett.

Die dichte Wolkendecke lockerte immer mehr auf. Hoch oben sah Jenny jetzt ein Flugzeug, das den Flughafen Flesland ansteuerte. Bestimmt brachte es angetrunkene Feriengäste vom Mittelmeer zurück, dachte Jenny. »Saga Tours«. »Vingreiser«. »Tjæreborg«. Der Gipfel der Dumpfheit schwebte langsam über der Stadt. Ostertouristen. Osterfeste …

Der Mann aus Nazaret schleppt sein Kreuz nach Golgata. Jetzt hat er es nicht mehr weit. Obwohl alles im Schatten von zweitausend Jahren in Zeitlupe abläuft. Die stilisierte Leidensgeschichte …

Der Anblick des Flugzeugs brachte Jenny auf eine Idee. Warum sollte sie sieben schwere Stunden im Zug verbringen? Schließlich konnte sie den traurigen Abschied doch auch noch hinauszögern und fliegen. Das würde sie sich jetzt leisten können. Und überhaupt – gab es denn auf der ganzen Welt etwas Unwesentlicheres als Geld? Wenn nur die Flüge nicht schon alle ausgebucht waren …

Wo war die nächste Telefonzelle?

Plötzlich hatte auch Jenny etwas zu erledigen. Sie rannte ins nächste Kaufhausuntergeschoss und rief bei der »SAS« an. Doch, bei allen Flügen nach Oslo gab es noch Plätze, sie hatte die freie Wahl.

Sie entschied sich für den letzten Flug. Dann konnte sie immer noch wie verabredet gegen halb zwölf bei ihrer Schwester in Oslo sein. Das Flugzeug ging um 22.20 Uhr. Der Bus fuhr eine Stunde vorher vom Busbahnhof ab. Das Ticket am Schalter abholen …

Für den Zug hatte Jenny sich in einem Anfall von Optimismus eine Rückfahrkarte gekauft. Jetzt begnügte sie sich mit einem einfachen Flug.

592 Kronen. Wahnsinnig billig, fand Jenny. Zuletzt war sie 1975 geflogen, nach Rhodos. Sie lehnte sogar das freundliche Angebot ab, bei einem Rabatt von fünfunddreißig Prozent das Rückflugdatum offenzulassen.

»Sie wollen doch sicher nach Bergen zurück?«

Es wäre nicht richtig zu behaupten, dass Jenny sich jetzt optimistischer gefühlt hätte. Aber ihr blieben nun noch einige Stunden ganz für sich.

Wie sollte sie die Zeit bis zum Abflug nutzen? Sie konnte mit dem Bus zurück nach Åsane fahren. Doch von dort hatte sie schon Abschied genommen. Sie konnte bei einer alten Freundin in Søreide vorbeischauen. Auf dem Weg noch einen Besuch abstatten. Und ihr erzählen, dass sie Krebs hatte. Dass sie zum Sterben in die Hauptstadt reiste … Doch, das wäre eine Möglichkeit. Die Gelegenheit nutzen, um Lebewohl zu sagen, sich noch einmal in Mitgefühl baden …

Doch zuerst wollte sie in ein Café. Und am allerliebsten wollte sie allein sein. Eine letzte Tasse Kaffee im »Reimers«. Vielleicht sogar ein kleines Krabbenbrötchen. Sie hatte seit dem Frühstück nichts mehr gegessen.

»Café Reimers«

Jenny betritt das »Reimers«. Wie jeder andere Cafégast. Das Einzige, was verrät, dass sie keine durchschnittliche Büroangestellte ist, die nach Feierabend noch Kaffeedurst verspürt, ist ein weißer Damenkoffer, den sie diskret unter dem Tisch verstaut, ehe sie zum Tresen geht, um ihre Bestellung aufzugeben.

Sie wirkt auch nicht wie eine verspätete Ostertouristin, die gerade aus dem Urlaub zurückgekommen ist. Nicht mit diesem blassen Gesicht. Bestenfalls geht sie als bedauernswerte Schichtarbeiterin durch, die später als die meisten anderen Osterurlaub bekommen hat. Vielleicht ist sie unterwegs nach Flesland, um dann auf Rhodos eine Woche Traumurlaub zu verbringen. Aber niemand, niemand käme auf die Idee, sie für eine krebskranke Diplomchemikerin zu halten, die zum Sterben nach Oslo fahren wird ...

»Einen Kaffee ... ein Krabbenbrötchen. Und ein Stück Osterzopf.«

»An welchem Tisch sitzen Sie?«

Hundertmal ist Jenny schon im »Reimers« gewesen. Doch diesmal hat sie vergessen, sich ihre Tischnummer zu merken. Sie läuft zu ihrem Tisch zurück – und dann wieder zum Tresen.

»Dreizehn.«

»Macht zweiundzwanzig Kronen. Wir bringen Ihnen den Kaffee an den Tisch.«

Dreizehn, dachte Jenny. Natürlich musste sie sich an Tisch Nummer dreizehn setzen. Und sie war am 1. März geboren. 1. 3. 1947. Sie hatte noch nie darüber nachgedacht, dass ihr Geburtsdatum die Zahl dreizehn bildete.

Wenn sie gesund gewesen wäre, dann hätte sie sich über diesen kleinen Zufall amüsiert, wenn er ihr überhaupt aufgefallen wäre. Jetzt war sie erschrocken. Jetzt durchfuhr die Erkenntnis sie wie ein Strahl der Angst.

Sie wühlte in ihrer Handtasche nach ihren Zigaretten, legte die Packung auf den Tisch und steckte sich eine an.

Jemand hatte seine Zeitung liegen lassen. Jenny warf einen Blick auf das glänzende Farbbild eines osterbraunen Paares, mit Sonnenbrille und roter Zipfelmütze, im Sonnenschein und Schnee, vor einer Gruppe von Skistöcken.

»TRAUMOSTERN ... Osterferien mit Sommertemperaturen fast im ganzen Land ...«

Dienstag, der 5. April 1983. Jenny zog an ihrer Zigarette und rechnete nach. Vor sechsunddreißig Tagen war sie sechsunddreißig geworden.

Jenny war nicht abergläubisch. Aber sie war nervös. Sie kam sich jetzt vor wie der Mittelpunkt der Welt, alle Ereignisse schienen sich um sie zu versammeln und durch ihre Situation in einem neuen Licht dazustehen ...

Man stellte ihr die Tasse Kaffee auf den Tisch. Jenny schob die Zeitung beiseite. Sie drückte ihre Zigarette aus und aß eine Krabbe. Dann schob sie den Teller mit dem Brötchen und dem Osterzopf auf das Ferienbild und steckte die Zigarette noch einmal an.

Sie schaffte es nicht. Eine Krabbe war mehr als genug. Sie konnte die Vorstellung nicht ertragen, dass die vielen glitschigen Krabben mitsamt der Mayonnaise durch ihren krebskranken Magen wandern sollten. Auch den Kaffee ließ sie stehen. Der war gar zu schwarz und ekelhaft.

Jenny musste daran denken, wie sie den Arzt gefragt hatte, ob Umweltfaktoren an ihrer Krankheit schuld sein könnten – zum Beispiel ihre Arbeit mit den Chemikalien im Labor. Der Arzt hatte ausweichend geantwortet und das war einer halben Bestätigung gleichgekommen. Das wäre wirklich zu arg! Andererseits, welche Rolle spielte das jetzt noch? Der Tod war schließlich mehr als nur ein politischer Skandal. Früher oder später würde sie ja doch sterben müssen. Nur hatte sie sich das bisher nie überlegt. Jetzt fand sie es plötzlich so absurd, dass Menschen sterben mussten ...

Jenny konnte den Anblick von Osterromantik, Krabben und Kaffee nicht mehr ertragen. Sie mochte auch nicht mehr nachdenken.

Sie hob den Blick und sah sich in dem viel besuchten Café um. Und nun entdeckte sie etwas, das ihr noch nie aufgefallen war. Sie sah die Menschen im Café. Sie sah sie glasklar, nahm einen nach dem anderen in sich auf.

Sie hatte das Gefühl, jeden einzelnen von diesen Menschen zu kennen – oder wieder zu erkennen. Als handelte es sich um Familienmitglieder. Als seien sie vom selben Fleisch und Blut wie sie.

Mitmenschen ...

Jedes einzelne Gesicht sprach für sich, erzählte seine Geschichte.

Ihr armen Menschen, dachte Jenny. Ihr werdet mich zwar überleben, aber ihr *lebt* nicht.

Sie spürte, wie der Stolz in ihr wuchs. Und gleichzeitig empfand sie Mitleid mit allen Menschen, ja, mit dem Leben überhaupt.

»Jenny!«

Sie fuhr zusammen. Abrupt wurde sie aus ihren neuen Gedanken herausgerissen.

»Hallooo! Lange nicht gesehen! Hast du Ostern gut überstanden?«

Das war ein Angriff aus dem Hinterhalt. Ihre Freundin aus Søreide. Mit einer Osterbräune wie aus dem Bilderbuch. Und einer Sonnenbrille in den blonden Haaren.

Noch so ein Zufall …

»Bist du zu Hause geblieben?«

Siri setzte sich ihr gegenüber und legte ihr die Hand auf den Arm. An ihrem Handgelenk funkelte ein breites goldenes Armband.

»Ja … dieses Jahr bin ich zu Hause geblieben …«

»Aber du hast doch Urlaub gehabt, oder?«

»Sicher. Und du?«

»Finse. Gestern zurückgekommen. Ragnhild und ich. Wir … wir haben meistens in ihrer Hütte gewohnt.«

»Meistens?«

»Ich hab ja gewusst, dass du danach fragen würdest!«

»Wonach? Habe ich nach irgendwas gefragt?«

»Bist du sauer, Jenny? Und warum bist du eigentlich zu Hause geblieben?«

»Du hast gesagt, ihr hättet ›meistens‹ in Ragnhilds Hütte gewohnt.«

»Ach ja, stimmt. Also, wir haben einen Lehrer und einen Arzt kennen gelernt …«

Siri verdrehte verzückt die Augen.

»Und die hatten ein riesiges Ferienhaus … mit Sauna, verstehst du … und überhaupt …, und da haben wir eben auch ein bisschen gewohnt.«

»Du hattest also eine Osterromanze!«

»Jenny! Geht's dir nicht gut?«

»Ich …«

»Vergiss es. Ihr Stadtmenschen seht einfach immer so blass aus, wenn wir anderen aus dem Gebirge zurückkommen. Aber das gleicht sich ja bald wieder aus … Du, an manchen Tagen war es so warm, dass wir uns oben ohne sonnen konnten. Schau mal!«

Fast hätte sie ihren Pullover ausgezogen.

Gold und Tand, dachte Jenny. Plötzlich wusste sie, was das Wort »Eitelkeit« bedeutete. Sie erinnerte sich noch aus der Schulzeit, dass es oft in alten Gedichten vorkam, zusammen mit dem Wort »Vergänglichkeit«, o Eitelkeit, o Vergänglichkeit ... Zwillingswörter. Denn waren das nicht zwei Seiten derselben Medaille?

Ostersex, dachte Jenny.

Sex war zwar nicht ihr einziger Lebensinhalt gewesen, hatte aber auch ihr recht viel bedeutet. Und dabei war es ihr nicht nur um den Genuss gegangen. Manchmal hatte der Orgasmus ihr das Gefühl vermittelt, eins zu sein – nicht nur mit dem Partner, sondern eins zu sein mit allem. Sie wusste noch, dass sie einmal mit Johnny darüber gesprochen hatte. Und er hatte ihr ein Bild von Berninis Skulptur der Theresia von Ávila gezeigt. Religion und Erotik. Erkenntnis als Orgasmus. Orgasmus als Erkenntnis. Ein Überfluss an Leben, eine Lawine ...

Sex. Sie kostete dieses Wort noch einmal aus. Jetzt war es doch ohnehin völlig belanglos. Alles war anders. Sex war so unwichtig geworden wie Krabben und Kaffee.

»Wo bist du eigentlich mit deinen Gedanken, Jenny? Meinst du vielleicht, ich merke nicht, dass irgendwas nicht stimmt?« Jenny trank einen Schluck Kaffee. Er war kalt wie Cola und schmeckte wie Teer.

Siri war viele Jahre lang Jennys beste Freundin gewesen. Jetzt hatte Jenny das Gefühl, sie nicht mehr zu kennen. Siri lebte. Wie Jenny vor Ostern gelebt hatte, ehe für sie das Leben zum Gedanken geworden war. Die Welt existierte nur in ihrem Kopf. Als Idee, als Vorstellung.

»Ist die Welt ein Rummelplatz, Siri? Ein Vergnügungspark?«

»Was ist denn los? Bist du plötzlich fromm geworden?«

»Kann schon sein ...«

»Moment ...«

Siri lief zum Tresen. Gleich darauf kehrte sie mit Teegebäck und einem Kaffeebon zurück. Jenny hatte sich noch eine Zigarette angezündet.

»So, und jetzt sagst du, was los ist. Frisch von der Leber weg. Hattest du zu Ostern Besuch von Mormonen, oder was? Du warst immer schon zu leicht beeinflussbar, Jenny. Du solltest nie mit Mormonen oder Kommunisten diskutieren ...«

»Ach, Siri, das ist es doch gar nicht ...«

Gleich würde sie in Tränen ausbrechen. Doch noch kämpfte sie dagegen an.

»Was ist es denn sonst? Und was ist mit deinem Teller? Warum isst du nichts?«

»Ich habe Krebs. Krebs, Siri, verstehst du? Es sieht ziemlich ernst aus.

Ich soll morgen früh in die Radiologie in Oslo eingewiesen werden. Vielleicht bleiben mir nur noch ein paar Monate …«

Es war, als fiele Siri eine Maske vom Gesicht. Fast tat sie Jenny Leid. Jetzt waren sie beide nackt.

»Arme Jenny. Liebe kleine Jenny … warum hast du das nicht gleich gesagt?«

Die Freundin nahm ihre Hände. Und dann kam die ganze Geschichte, wie aus einer Illustrierten ausgeschnitten.

Jenny brauchte eine halbe Stunde, um die Ereignisse der vergangenen vierzehn Tage zu erzählen. Sie war überrascht, wie nüchtern und präzise sie alles darstellte. Peinlich genau, bis ins kleinste Detail. So, als sei hier die Rede von jemand anderem.

Die Freundin umklammerte noch lange Jennys Handgelenke. Und nun sah Jenny es selbst. Wie bleich ihre Hände im scharfen Licht wirkten. Weiß wie Schnee.

»Wir leben nicht ewig, Siri. Das betrifft auch dich …«

Sie blickte ihrer Freundin tief in die Augen.

»Auf jeden Fall betrifft es mich, dass du krank bist. Kann ich denn gar nichts tun?«

Jenny steckte sich eine weitere Zigarette an und schüttelte den Kopf.

»Du – ich komme einfach mit dir nach Oslo. Ich kann mir ein paar Tage freinehmen. Es ist nicht gut für dich, allein zu fahren.«

»Vielen Dank, Siri. Aber diese Reise muss ich allein hinter mich bringen. Du musst dich jetzt von mir verabschieden, Siri. Das tut vielleicht weh. Aber ich muss von mir selber Abschied nehmen. Von der Stadt hier, vom Leben. Auch dir wird das irgendwann nicht erspart bleiben …«

»Jenny … warte, Jenny … ich möchte so gern …«

»Nein! Das muss ich alleine schaffen. Ich muss jetzt gehen, Siri.«

Ihr Stolz. Der war jetzt stark wie eine Säule.

Sie steht auf, zieht ihren Mantel an und den weißen Koffer unter dem Tisch hervor.

»Schau mal! Hast du Lust auf ein Krabbenbrötchen? Oder ein Stück Osterzopf? Du kannst alles haben.«

»Warte doch …«

»Mach's gut, Siri!«

Sie dreht ihrer Freundin den Rücken zu und läuft hinaus auf die Straße. Sie flieht vor Siris Mitleid.

Sie hat dabei das Gefühl, sich von der ganzen Welt loszureißen.

Sie wanderte ziellos durch die Straßen. Einmal blieb sie stehen und sah sich im Schaukasten der ›Bergens Tildende‹ die ausgestellten Zeitungsseiten an.

Beim Lesen der Schlagzeile fuhr sie zusammen. »EIN WUNDER – ICH LEBE!« Über sechs Spalten. Eine Mitteilung nur für sie. Doch das war nur ein Stück Alltagsdrama. Ein Polizist, der mit knapper Not einem Revolverdesperado entkommen war.

Aber tatsächlich war es ein Wunder, dass sie lebte! Jenny brauchte keinem Revolverdesperado zu entkommen, um es als Wunder zu erleben, dass es sie gab. War es nicht ein Wunder, dass es überhaupt etwas gab?

Das Mysterium des Lebens, dachte Jenny. Das Rätsel des Lebens … Das Rätsel der Krankheit …

Und was, wenn sie, wie durch ein Wunder, plötzlich wieder ganz gesund würde? Oder wenn die Diagnose einfach nicht stimmte?

Ach nein. Jenny war keine Träumerin. Jenny war Chemikerin. Und Jenny war Realistin. Sie glaubte nicht an Wunder. Der Schlager dieses Frühlings, »Wir leben«, von Wencke Myhre und Jan Eggum hallte in ihren Ohren wider. Wie ein Gegenstück zu ihrer eigenen Stimmungslage hatte sie das Stück in den letzten Tagen immer wieder im Radio gehört:

»Für das Leben kämpfen wir, solange unser Blut noch fließt …«

Wofür lohnte es sich denn sonst zu kämpfen?

Mit dem weißen Damenkoffer in der Hand, mal in der linken, mal in der rechten, ging sie weiter zum Theater.

›Damen im Dampfbad.‹ Der Publikumserfolg der Saison. Sie hatte keine Ahnung, worum es in diesem Stück ging, doch es erschien ihr reichlich albern. Wie Siris Ausschweifungen in der Sauna des Lehrers in Finse.

Theater. Theater bedeutete Johnny. Jetzt war er Dozent für Dramaturgie in Trondheim. Das Leben ist ein Theater, sagte er immer. Mit der Zigarette in der einen und der Flasche in der anderen Hand. Wir werden auf eine Bühne gestellt und am Ende gehen wir einfach ab.

Er war vermutlich nicht der Erste, der das so formulierte.

Jenny musste aus der Stadt heraus. Sie schleppte ihren Koffer bis zum Kloster und dann den ganzen Weg bis Nordnes. Dort setzte sie sich auf eine Bank und starrte über das Meer zur Insel Askøy hinüber.

Vor zweitausend Jahren wurde ein jüdischer Aufrührer gekreuzigt. Er war sicher ein phantastischer Mensch gewesen. Doch die Kirche lehrte darüber hinaus, dass er Gottes Sohn gewesen sei.

Für Jenny ergab das keinen Sinn. Dass Gott zuerst die Menschen mit freiem Willen geschaffen haben sollte. Und als die Menschen diesen freien Willen anwendeten, war Gott so wütend, dass er seinen eigenen Sohn kreuzigen lassen musste, ehe er den Menschen verzeihen konnte.

War das nicht die Botschaft des Christentums für Jenny Hatlestad zu Ostern 1983? Wenn sie glaubte, es sei ein Geschenk Gottes zu glauben, Jesu Kreuzigung sei ein Geschenk Gottes, als Buße dafür, dass Adam und Eva die Gabe Gottes missbraucht hatten – dann war sie gerettet vor dem Zorn eben dieses Gottes und nicht in alle Ewigkeit verloren …

An einen solchen Gott glaubte Jenny einfach nicht.

Jenny war nicht religiös. Jenny war krank. Doch ihren Verstand hatte die Krankheit noch nicht angegriffen. Während der letzten Tage hatte sie fünfzehn Andachten im Radio gehört. Aus verständlichen Gründen hatte sie mit offenem Ohr gelauscht. Es war wie ein Schnellkurs zum Thema Christentum gewesen. Oder wie eine Serie von Wiederholungskursen. Denn jede einzelne Andacht hatte das gesamte Glaubensbekenntnis enthalten.

Die Schriftgelehrten wollten offenbar unbedingt unter Beweis stellen, dass sie ihre Lektion konnten und in jeder Hinsicht orthodox waren. Doch wenn die gesamte christliche Lehre – von Adam und Eva bis zur Offenbarung des Johannes – innerhalb von fünf oder zehn Minuten verkündet werden musste, dann war kein Platz mehr für Liebe und Vernunft, und deshalb konnte sie Jenny auch nicht trösten, als sie, mit dem Koffer zwischen den Beinen, in Nordnes saß, und die Askøy-Fähre beobachtete.

Jenny musste noch an etwas anderes denken. An etwas Exotisches, das sich unter einem fremden Himmel zugetragen hatte. An etwas Konkretes und Erhebendes, etwas, das besser geeignet war für eine krebskranke Diplomchemikerin.

Ihr fiel die schöne Geschichte vom Fürstensohn Siddhartha ein, der in Saus und Braus gelebt hatte, bis ihm plötzlich die Augen für das Leid der Welt aufgegangen waren …

Das letzte Lebenszeichen von Johnny war ein langer Brief aus Stockholm gewesen, wo er gerade ein Ballett über die Buddha-Legende gesehen hatte. Und Jenny war sofort in die Bücherei gelaufen und hatte sich Literatur über den Buddhismus herausgesucht. Sie hatte nicht so recht gewusst, ob es ihr dabei mehr um Johnny oder um Buddha gegangen war.

Buddha war kein Erlöser oder Sohn Gottes. Er war ein Mensch wie Jenny gewesen.

Bei der Geburt war seinem Vater geweissagt worden, dass der Sohn entweder die Welt beherrschen oder der Welt entsagen würde, was ja immerhin das genaue Gegenteil voneinander war. Entsagen würde er, wenn er Not und Leid der Welt miterleben müsste. Das wollte der Vater verhindern und deshalb hatte er seinen Sohn vor der Welt außerhalb des Palastes beschützen wollen – und zugleich hatte er ihn mit Freuden und Lustbarkeiten umgeben.

Doch Siddhartha war ein beschütztes Dasein als Prinz nicht genug: Vor den Palastmauern hatte er einen Greis, einen Kranken und einen verwesenden Leichnam gesehen …

Die Begegnung mit dem buckligen Greis hatte Siddhartha vor Augen geführt, dass das Alter ein Schicksal ist, das alle Menschen einholt. Der Anblick des leidenden Kranken hatte ihn die Frage stellen lassen, ob es möglich ist, sich vor Krankheit und Leid zu schützen. Und die Leiche hatte den jungen Prinzen daran erinnert, dass alle Menschen sterben müssen und dass selbst der glücklichste Mensch der Vergänglichkeit unterworfen ist.

Nach diesen niederschmetternden Erlebnissen hatte Siddhartha einen Asketen mit einem verklärten und glücklichen Gesichtsausdruck entdeckt. Ihm war aufgegangen, dass ein Leben in Reichtum und Genuss ein leeres, sinnloses Leben war. Und er hatte sich gefragt: Gibt es etwas auf dieser Welt, das vor Alter, Krankheit und Tod gefeit ist?

Siddhartha war vom Mitleid für seine Mitmenschen übermannt worden und er hatte sich berufen gefühlt, den Menschen einen Ausweg aus dem Leid zu zeigen. Tief in Gedanken versunken war er in den Palast zurückgekehrt und noch in derselben Nacht hatte er sein behagliches Leben als Prinz aufgegeben und sich für die Heimatlosigkeit entschieden.

Nach sechs Jahren als umherstreifender Asket hatte Siddhartha sich am Fluss Neranjara unter einen Feigenbaum gesetzt. Und hier – hier hatte er seine »Erweckung« erlebt. Nach fünfunddreißig Jahren als Schlafwandler war Siddhartha zu der Erkenntnis gelangt, dass das Leid der Welt durch Lebensdurst verursacht werde. Nun wurde er zum »Buddha«, zu einem Erwachten …

Jenny spürte die Parallelen. Sie war in etwa so alt wie Siddhartha. Hatte nicht auch sie ein Leben im goldenen Käfig der Zufriedenheit gelebt, behütet vor Leid, Tod und Erkenntnis? Hatte sie nicht in all ihren sechsunddreißig Jahren wie eine Schlafwandlerin gelebt? Hatte nicht der Lebensdurst sie bis über alle Sinne berauscht? Und erwachte sie nicht gerade aus diesem langen Schlummer?

Buddha war nicht nur zu der Erkenntnis gelangt, dass alles in der Welt Leid ist, weil alles dem Gesetz der Vergänglichkeit unterworfen ist. Sondern ihm war auch bewusst geworden, dass es noch etwas anderes gibt. Etwas Ewiges, Unvergängliches. Etwas, das über Talmi und Tand dieser Welt erhaben ist wie über Zeit und Raum. Etwas, das nur für die erreichbar ist, die ihren Lebensdurst ganz und gar ersticken können …

Buddha hatte das »andere Ufer« erreicht. Er hatte die Welt überwunden und war zum »arhat« geworden, zum »Ehrwürdigen«. Er hatte die Welt unter dem Blickwinkel der Ewigkeit gesehen. Er hatte das Nirwana erreicht.

Jenny war keine Philosophin. Jenny verstand sich als Realistin. Ihre Weltanschauung hatte sich aus Atomen und Molekülen zusammengesetzt. Aus Planeten, Sonnen und Sternennebeln. Jeden Tag hatte sie sich mit Reagenzgläsern und Messbechern an die Arbeit gemacht.

Wenn etwas an ihrem Weltbild unbefriedigend gewesen war, dann die Tatsache, dass alles sich analysieren und in noch kleinere Teile zerlegen ließ. Doch so weit hatte sie nur selten gedacht … Der kurze Einblick, den sie in Buddhas Lehre erhalten hatte, genügte, um eine Art Ganzheit zu erahnen.

Es muss einen größeren Zusammenhang geben, überlegte Jenny. Sie blickte auf den Puddefjord. Es muss einen Ort geben, von dem aus ich mich und mein Schicksal sehen kann.

Was war denn dieses »Nirwana«? Was war dieses Ewige, dieses Unvergängliche, das Buddha erlebt hatte? War es nur ein Gedanke? Eine Idee? Oder etwas Greifbares?

Vorn an der Landspitze ging eine Mutter von Mitte Zwanzig mit einem kleinen Kind von zwei oder drei Jahren spazieren.

Jenny hatte keine Kinder bekommen können. Doch auch sie war einmal Kind gewesen. So, genau so, hatte sie mit ihrer eigenen Mutter gespielt. Vielleicht genau hier. Und so würden auch noch lange nach ihr in Nordnes Mütter und Kinder spielen.

Jenny glaubte, in diesem Bild von Mutter und Kind den ganzen Wettlauf der Generationen und Geschlechter zu erkennen.

Sie hatte das Gefühl, nicht nur sie selbst zu sein. Nicht nur die Frau, die hier saß, mit dem weißen Koffer zwischen den Beinen. Es war, als sei sie auch diese Mutter. Und das kleine Kind. Es war, als befände sie sich in den Bäumen um sie herum. Im Gras, über das sie lief. Im Gesang der Vögel. Ja, sogar in der Bank, auf der sie saß. Nirwana ...

Das konnte nichts Fernes, Himmlisches sein. Es musste etwas mit dem Hier und Jetzt zu tun haben. Denn Buddha – Buddha hatte das Nirwana unter einem Feigenbaum erreicht. Am Fluss Neranjara ...

Sie sah draußen auf dem Fjord die Askøy-Fähre, auf halber Höhe zwischen Nordnes und Askøy, mit vielleicht ein paar hundert Menschen an Bord. Doch für Jenny sah die Fähre aus wie ein Spielzeugboot in einer Miniaturlandschaft.

Hundert Menschen in einem Boot zusammengepfercht, getragen vom selben Kiel, von derselben Kraft.

Jenny spielte mit dem Gedanken, selbst an Bord zu sein. Weit draußen, auf dem Fjord an Deck zu stehen und mit dem Gedanken zu spielen, sie sitze in Nordnes und halte nach sich selbst Ausschau.

Einen Moment lang wusste sie nicht mehr, wo sie sich gerade befand. Sie war an Bord der Fähre und in Nordnes. Und in Landås, im Mjølfjell. Und in Oslo, in der Wohnung ihrer Schwester und in der Radiologischen Klinik ...

Wenn sie nicht auf die Zeit achtete, dann war sie an all diesen Orten. Sogar auf dem Mond. Sie war überall.

Jenny dachte daran, wie sie 1975 über die Europakarte geflogen war. Die Menschen waren so tief unten gewesen, dass sie sie nicht mehr sehen konnte. Aber sie hatte überall ihre Spuren entdeckt. Sie hatte Städte und Äcker gesehen. Wie kleine gelbe, grüne und graue Karos. Griechenland, Jugoslawien, Österreich, Deutschland, Dänemark. Und das alte Norwegen. Aus zehntausend Metern Höhe waren keine Landesgrenzen mehr zu sehen. Das grüne Europa ...

Sie hatte auch Bilder vom Erdball gesehen. Aufgenommen vom Mond aus. Oder von noch weiter draußen im Weltraum liegenden Orten. Ein blauer Globus.

Aus der Entfernung gesehen gehörte alles Leben auf diesem Planeten zusammen. Wie ein einziger lebendiger Organismus. Ein seltsamer Gegenstand: ein quicklebendiges Ding mitten im leeren Raum.

Wer hatte auf Jenny und ihr Schicksal geachtet, als das Bild vom Mond her aufgenommen wurde? Welche Bedeutung hatte eine Ameise unter vielen Milliarden?

Und doch – mit ihrem Bewusstsein umschloss Jenny gewissermaßen diese ganze Welt.

Wenn ich sterbe, dachte sie, dann stirbt die ganze Welt mit mir. Und eine andere Welt wird an die anderen weitervererbt.

Die Welt ist hier und jetzt – in einigen Wochen oder Monaten ist sie verschwunden ...

Ein Spatz kam angeflogen und setzte sich neben sie auf die Bank. Einen Moment blieb er dort sitzen und sah sich um. Dann war er verschwunden.

April

Noch eine Askøy-Fähre ist vorübergefahren. Jenny steht von der Bank auf, nimmt den weißen Koffer und geht in Richtung Stadt.

April. Die Rasenflächen sind so grün, dass es in den Augen schmerzt. In einigen Beeten blühen Schneeglöckchen, Krokusse und Osterglocken. Die nackten Birken haben sich in lila Schleier gehüllt. An einigen lugen die Spitzen hellgrüner Blättchen hervor. In einer Woche werden die Birken ganz in Grün gekleidet sein ...

April. Es ist unfassbar, findet Jenny, wie innerhalb weniger Wochen Tonnen von grünem, lebendigem Stoff aus der schwarzen und leblosen Erde gepumpt werden.

April. Wieder denkt sie an Ostern. An Tod und Auferstehung. An das Saatkorn, das ins Erdreich fallen und sterben muss ...

Jenny geht langsam an Fredriksberg vorbei und erreicht die alten Holzhäuser zwischen Kloster und Puddefjord.

Grüne Rasenflächen. Bäume. Ein alter Mann mit einem Stock. Zwitscherndes Kinderlachen. Eine schwere Abendsonne durchbricht die Wolkendecke.

Jenny saugt all diese Eindrücke in sich auf.

Lebt wohl, denkt sie hart und bitter. Leb wohl, Bergen. Leb wohl, lebendige Erde, lebt wohl, Sonne und Himmel ... Ich ziehe mich jetzt zurück, meine Zeit ist zu Ende. Ich verschwinde. Nicht für ein oder zwei Wochen. Sondern für immer. Für ewig.

Plötzlich versteht sie, was dieses Wort bedeutet. Ewig. Im Bruchteil einer Sekunde versteht sie es. Jenny erfährt die Ewigkeit.

Das hier war meine Welt. Sechsunddreißig Jahre lang. Nein, Millionen von Jahren lang. Sie fühlt sich um keinen Tag jünger als der Berg Ulrikken. Wie sehr diese Welt doch *meine* gewesen ist. Wie sehr von mir gefärbt. So sehr in meinem Bewusstsein gefangen.

Vielleicht gibt es auch noch andere Welten. An einem anderen Ort. Oder in einer anderen Zeit. Vielleicht beides. Doch Jenny hat an dieser Welt teilnehmen dürfen. An einer Welt aus Tälern und Fjorden und

Bergen, aus Wüste, Meer und Dschungel. Mit Pferden und Kühen und Ziegen, Elefanten, Nashörnern und Giraffen. Mit Krokussen, Schneeglöckchen und Hibiskus, Apfelsinen, Pflaumen und Stachelbeeren ... und mit Menschen, Frauen und Männern. Jenny hat die Menschheit erlebt. Aus nächster Nähe. Sie hatte eine Begegnung der vierten Art. Sie selbst ist ein Mensch gewesen!

Die Welt!

Dieser Welt hat sie einen kurzen Besuch abgestattet. Als Teilnehmerin, als Repräsentantin, als Beobachterin.

Wie viele Stunden ihr hier wohl noch bleiben werden?

Aber das spielt wohl kaum eine Rolle, wo sie doch schon auf dem Weg hinaus ist?

O doch, es spielt eine Rolle. Wie viele Stunden bleiben ihr noch zum Leben? Zum Sein?

Gib mir das Leben noch einmal, denkt Jenny. Gib mir einen gesunden Körper. Gib mir meine Jugend zurück ...

Gib uns Barabbas!

An diesem Osterfest ist Jenny das Opferlamm. Sie trägt das Leid der Welt auf ihren Schultern.

»Wenn alles ganz still ist, hören wir die Herzen schlagen ..., ob wir kriechen oder gehen, ob wir ganz verloren sind: wir leben!«

Jetzt war sie wieder mitten in der Stadt.

An einem ganz normalen Dienstagabend wäre sie jetzt noch ins Restaurant »Wesselstue« gegangen, ehe sie den Bus nach Åsane genommen hätte. Es war nicht unmöglich, dass sie dort Bekannte traf, jemanden zum Reden ...

Das hier aber war kein normaler Dienstagabend. Dennoch beschloss sie, einen letzten Blick in die »Wesselstue« zu werfen. Nicht, um Bekannte zu treffen. Sondern um ein letztes Bad in der Menge zu nehmen, ehe sie Bergen den Rücken kehrte, um nach Oslo zu fliegen.

Sie schlich an der Garderobe vorbei, damit sie Mantel und Koffer nicht abgeben musste. Mit dem Koffer in der einen und der Handtasche in der anderen Hand suchte sie sich zwischen den Tischen einen Weg durch das verräucherte Lokal. Heute hielt sie nicht Ausschau nach Bekannten. Sie wollte sich lieber einen Überblick verschaffen, über die Atmosphäre, das Caféleben ...

Es war der große »Seht mal, wie braun ich bin«-Tag. Auch das eine oder andere Bleichgesicht war zu sehen. Die Bleichgesichter mussten sich wie eine ethnische Minderheit vorkommen. Es war ganz normal, dass jemand am ersten Werktag nach Ostern mit einem Koffer in der

Hand zwischen den Tischen der »Wesselstue« umherlief. Unnatürlich und beinahe grotesk aber war die Kombination von einem Koffer und diesem blassen, fast ganz weißen Gesicht.

Noch dazu war Jenny stocknüchtern. Sie roch weder nach Skiwichse und Sonnenöl noch nach Petroleum und Birkenholz. Sie roch auch nicht nach Brunst.

Es war seltsam zu sehen, wie die Menschen die Köpfe zusammensteckten und miteinander tuschelten und flüsterten, wie sie gackerten und lachten. Wie sie miteinander kokettierten und Urlaubsanekdoten austauschten. Wie sie ihre Pfauenfedern brausen ließen und herumprotzten. Es tat fast weh, das ansehen zu müssen.

Sieh dir mal meine Nasenspitze an! Ich bin sogar auf dem Bauch ein bisschen braun geworden ... sind meine Waden nicht braun? Und weißt du, dann haben wir einen Lehrer und einen Arzt kennen gelernt ... die wohnten in einem Riesenhaus ... mit Sauna, verstehst du ... und überhaupt ... An einigen Tagen war es so warm, dass wir uns oben ohne sonnen konnten!

Kleingeister, dachte Jenny. Unter ihrem Mantel zitterte sie.

Vor wenigen Wochen hatte auch sie zu diesen Kleingeistern gehört. Jetzt waren sie ihr fremd. Jetzt fühlte sie sich, als säße sie auf einem hohen Berg. Jetzt befand sie sich irgendwo da draußen im Weltraum.

Sie hatte Angst, Bekannte zu entdecken, und deshalb verließ sie das Lokal bald wieder.

Jenny bahnt sich einen Weg zwischen den vielen Motorrädern vor dem »Hotel Norge«. Sie überquert den Festplass und geht am Lille Lungegårdsvann entlang auf den Busbahnhof zu.

Ganz unten am Seeufer liegt ein knutschends Paar. Es sieht nicht besonders bequem aus, wie sie da liegen. Dass die das bringen, denkt Jenny. Es wirkt so anstrengend. Und es ist sicher kalt. Und unleugbar auch ein bisschen komisch. Zwei ausgestreckte Tiere, die sich gegenseitig streicheln und küssen und kratzen und kneifen. Und deren Begehren der Tatsache zu verdanken ist, dass sie zwei unterschiedlichen Varianten der Spezies Mensch angehören.

Und dennoch: Sie kann sie gut verstehen. Sie ist ja selbst auch so ein Mensch gewesen ...

Der Flughafenbus fuhr erst in einer halben Stunde. Aber ein normaler Bus nach Flesland war schon zum Abfahren bereit. Fana – Os – Milde.

Zum ersten Mal spürte sie in ihrem Köprer, dass sie krank war. Die Unterführung zum Busbahnsteig 18 war so endlos lang. Und dann musste sie eine steile Treppe hinaufsteigen. In einen Bus, wo sie ihren Koffer festhalten und gleichzeitig in ihrer Handtasche nach dem Fahrgeld wühlen musste.

Sie hatte so viel an den Tod gedacht, dass sie ihre Krankheit völlig vergessen hatte. Jetzt merkte sie, wie schwach sie war.

»Entschuldigung, geht es Ihnen nicht gut?«

Das war der Busfahrer. Zum ersten Mal, seit Siri sie im »Reimers« überrumpelt hatte, wurde sie angesprochen.

Jenny spürte, wie eine warme Welle der Dankbarkeit ihren Körper durchlief.

»Bitte? Nein, nein, ist schon in Ordnung. Ich bin nur ein bisschen müde. Haben Sie vielen Dank. Tut mir Leid ...«

Gern hätte sie ihn umarmt. Ihn um Hilfe gebeten, um sein Mitleid. Oder sich auf die Motorhaube gelegt und geweint.

Sie hatte – vielleicht zum ersten Mal in ihrem Erwachsenenleben – einen ganzen Tag lang nicht an ihr Äußeres gedacht. Am Morgen hatte sie sogar ihr Augen-Make-up vergessen.

Doch fühlte sie sich nicht nur blass und ungepflegt. Vielmehr war ihr Gesicht von Angst gezeichnet, von Verzweiflung, Depression und Aufruhr. Es war naiv zu glauben, ihre Gedanken seien für alle Welt unsichtbar.

Sie hatte wieder dieses Gefühl, das sie aus ihrer Kindheit so gut kannte. Dass alle, die sie ansahen, ihre Gedanken lesen konnten.

Die Welt

Jenny war immer schon gern Bus gefahren.

Sie saß gern am Fenster und sah die Landschaft vorüberziehen. Die Berge, den Fjord, die Häuser, die Schaufenster, die Menschen ...

Das war, als blättere man in einem Buch.

Hier konnte sie ungestört sitzen und heimlich belauschen, was die Menschen über Wind und Wetter sagten, und musste sich nicht dafür rechtfertigen.

Die Stunden, in denen Jenny am intensivsten reflektierte, waren die täglichen Busfahrten zwischen Åsane und Bergen gewesen. Wenn ihre Gedanken gelegentlich andere Themen umkreisten als Ökonomie und Alltagskram, dann geschah das im Bus.

Hier hatte sie den Sonnenaufgang gesehen. Hier hatte sie die Dämmerung erlebt. Hier war ihr das Paradoxon aufgegangen, dass ein Mensch nicht ewig lebt.

Jetzt saß sie hinter einer Mutter und deren redseligem Jungen von sechs oder sieben Jahren.

Der Junge hatte gerade das Stadium im Leben erreicht, in dem er sich an die Wirklichkeit gewöhnt hatte. Die Welt war nicht mehr nagelneu und unerforscht. Er konnte noch immer viel Neues entdecken, aber die Welt bot schon längst keinen Grund zur Verwunderung mehr. Sie hatte aufgehört, eine permanente Offenbarung zu sein.

Zwei Reihen weiter vorn saß ein zweijähriges Mädchen auf dem Schoß ihres Vaters. Im einen Moment zog sie den Papa am Bart, im nächsten riss sie sich von ihm los und zeigte begeistert aus dem Fenster.

Diese Kleine war ein ganz anderes Wesen als der Siebenjährige. Sie befand sich noch immer in den magischen Jahren. Für sie war die Welt so neu wie am siebten Tage, als der Herr geruht hatte. Und die Kleine sah, dass alles gut war ...

Wenn der Busfahrer den Bus plötzlich dem Autopiloten überlassen hätte, um über den Köpfen aller Passagiere an der Busdecke zu schweben, dann hätte das Mädchen vielleicht auf ihn gezeigt und gesagt: »Guck mal, Papa, der Mann fliegt!«

Der Vater, ein Studienrat oder Sozialpädagoge in den Dreißigern, hätte vermutlich einen Schock erlitten. Ganz einfach, weil er seit über dreißig Jahren lebte, ohne je etwas Ähnliches erlebt zu haben. Ja, nur deshalb.

Jetzt zeigte die Zweijährige auf einen Krankenwagen mit Blaulicht und heulendem Martinshorn. Der Wagen jagte in Richtung Søreide am Bus vorbei. Für die Kleine war das alles unerhört.

Der Vater ließ sich gerade noch dazu herab nachzusehen, worauf seine Tochter zeigte. Sicher nahm er nur aus pädagogischen Erwägungen am Erlebnis seiner Tochter teil. Er hatte Krankenwagen schon häufiger gesehen.

Kaum hatte sich die Kleine gesetzt, da riss sie sich auch schon wieder los. Jetzt zeigte sie, außer sich vor Begeisterung, auf ein Pferd vor einem großen Stall.

»Wau-wau!«, sagte sie.

»Pferd, Camilla, das ist ein Pferd.«

Der Studienrat hatte Recht.

Wenn durch das Busfenster ein Känguru zu sehen gewesen wäre, hätte er sich sicher am Kopf gekratzt – freilich nur, weil er schon viele Male durch Fjøsanger gefahren war, ohne jemals auf ein Känguru gestoßen zu sein.

Die Kleine ihrerseits hätte dann wahrscheinlich wieder voller Begeisterung »Wau-wau!« gerufen.

Der Anblick eines Kängurus wäre für sie nicht mehr und auch nicht weniger aufregend gewesen. Mit ihren zoologischen Kenntnissen war es noch nicht sehr gut bestellt.

Im Grunde sah sie in diesem Moment ein Känguru. Mit einem Kängurukind, das in einer kleinen Bauchtasche steckte. Oder einen Elefanten. Einen rosa Elefanten. Mit goldenen und silbernen Flügeln ...

Die kleine Camilla tauchte ein in ihr Märchen. Ein Märchen, in das der Studienrat höchstens dann eintauchen würde, wenn die Luft sich plötzlich mit Engelchen gefüllt hätte.

Todkrank zu sein bedeutete eine ungeheure Schärfung des Gedächtnisses. Jenny konnte sich plötzlich so intensiv an ihre Kindheit erinnern, dass es ihr keinerlei Schwierigkeiten bereitete, sich mit dieser Zweijährigen zu identifizieren, die so verwundert war über alles, was sie sah.

Sie hatte das Gefühl, die Welt zum ersten Mal zu sehen. Obwohl es das letzte Mal war. Aber war das nicht im Grunde dasselbe? Wie das kleine Mädchen vorn im Bus stand sie an der äußersten Grenze der Welt.

Jenny schaute aus dem Busfenster.

Das Gras war so grün, die Berge so hoch und scharf konturiert, der Abendhimmel so blendend blau und Menschen und Tiere so quicklebendig.

Die Welt schien erst vor wenigen Minuten erschaffen worden zu sein. Als ob ein Zauberkünstler die Wirklichkeit gerade erst aus dem Ärmel geschüttelt hätte.

Hoch oben am Hang waren noch ein paar Flecken Schnee zu sehen. Ein letzter Gruß aus dem vergangenen Jahr.

Aus einem Leben ...

Jenny würde keinen Schnee mehr vom Himmel rieseln sehen. Ihr Zyklus war unterbrochen worden und die letzte Runde eingeläutet.

Schnee!

Jenny wusste noch, wie sie zum ersten Mal etwas Weißes auf der Erde gesehen hatte. Am allerersten Wintermorgen der Welt. Ein dicker Teppich aus grobkörnigem Reif hatte alles wie eine kühle Decke eingehüllt.

»Zucker!«, hatte sie gerufen.

Sie hatte sich in ihrer Karre aufgerichtet und wild mit den Armen in der Luft herumgefuchtelt. »Zucker!«

Das war damals, als sie noch nicht an dieser Herrlichkeit geleckt hatte. Sie hatte nichts als eine kandierte Landschaft gesehen.

Die Welt ist ein Rätsel, dachte Jenny jetzt. Doch wir gewöhnen uns an dieses Rätsel, wenn wir größer werden. Bis uns am Ende überhaupt nichts mehr rätselhaft vorkommt. Die Welt wird überschaubar und zuverlässig. Und wir müssen scharf nachdenken, wenn wir die Welt ihrer scheinbaren Begreifbarkeit berauben wollen. Wir müssen uns intensiv in uns selbst vertiefen, wenn wir die Welt als Mysterium erleben wollen ...

Ist das nicht komisch?

Das einzige wirkliche Mysterium ist das, was wir sehen. Aber es ist das Einzige, das niemals erwähnt wird.

Das gilt für alle Menschen. Aber es ist kein Gesprächsthema.

Nichts ist so obskur wie das Glasklare. Nichts ist so okkult wie das, was wir an jedem einzelnen Tag erleben.

Hier erwachen wir auf einem Erdball im Universum. Auf einem schwebenden Globus. Einer Zauberkugel. Mit Seen und Wäldern und Bergen. Und einem kleinen Spritzer von Leben in allen Größen und Formen.

Hier liegt die Materie auf dem Feld. Hier schießt sie zwischen Steinen und Bäumen aus dem Boden. Hier wimmelt es in Flüssen und Seen. Hier flattert es in der Luft zwischen Himmel und Erde. Und mehr noch, mehr: Die Materie auf diesem geheimnisvollen Planeten ist sich ihrer selbst bewusst. Sie breitet die Arme aus und sagt: »Hoppla, jetzt komme ich!«

Und dann ist es trotzdem soweit. Wir gewöhnen uns an alles um uns herum und tun so, als müsste es so sein. Wir halten das Leben auf diesem Planeten für die vernünftigste Form des Daseins. Vielleicht gelten uns Dronten und Dinosaurier noch als etwas Außergewöhnliches, aber auch nur, weil es sie nicht mehr gibt.

Noch in der dritten oder vierten Klasse hatte Jenny sich darüber gewundert, dass die Menschen in Australien nicht von der Erde purzelten. Das fand sie genauso erstaunlich, wie sie vom Gegenteil verblüfft gewesen wäre – wenn die Australier tatsächlich in den Weltraum gefallen wären.

Was hatte sie damals schon von »Naturgesetzen« gewusst – Naturgesetze, was war das schon?

Camilla und der »Wau-wau« erinnerten Jenny an Lesesäle und Arbeitsgruppen.

Vor fünfzehn oder zwanzig Jahren hatte sie für ein Examen Arne Næss' zweibändige ›Geschichte der Philosophie‹ gelesen. Sie konnte sich nur noch an einen Satz erinnern – vielleicht, weil der ihr gleich auf den ersten Blick als Wahrheit erschienen war: »Nichts existiert im Bewusstsein, was nicht zuerst in den Sinnen existiert hat.«

Irgendein Philosoph hatte das so ähnlich formuliert. Jetzt dachte sie wieder an diesen Satz – und er erschien ihr als Quintessenz all dessen, was sich über diese Welt sagen lässt.

Wir alle werden mit einer Fülle von Erwartungen an die Welt geboren, die dann eingelöst werden oder nicht. Insofern würden wir jede beliebige Weltordnung akzeptieren.

Die Wirklichkeit bietet einem x-beliebigen Märchen gegenüber keinerlei vernunftmäßige Vorzüge. Logisch gesehen sind alle Weltordnungen gleichermaßen möglich. Oder unmöglich. Doch der Mensch ist mit einer fast unvorstellbaren Anpassungsfähigkeit ausgerüstet. Wenn wir uns jeden Tag in der Wirklichkeit aufhalten können, ohne den Verstand zu verlieren, ja, ohne auch nur mit der Wimper zu zucken, dann liegt das daran, dass nur die Wirklichkeit wirklich, dass nur sie eine Tatsache ist.

Wer glaubte denn an die Wirklichkeit, solange keine Beweise dafür geliefert würden, dass es sie gibt?

Die Welt, dachte Jenny, die Welt wird zur Gewohnheit. Alles wird inflationär. Wenn Wunder sich am laufenden Band ereignen, dann müssen sie uns am Ende gleichgültig sein. Und dann kommt der Tag, an dem wir gar nicht mehr sehen, dass eine Welt existiert.

Nur kontrastiert mit unseren Erwartungen kann uns etwas rätselhaft erscheinen. Nur wenn die lange Reihe unserer Erwartungen durchbrochen wird, sind wir noch überrascht. Die Welt muss um eine Vierteldrehung weitergehen. Und wir müssen schon etwas »Übernatürliches« erleben, um am eigenen Leib zu spüren, dass wir existieren.

Jenny schaut wieder aus dem Busfenster.

Søreide. Ein kleiner Ort, zehn Kilometer südlich von Bergen. Ein paar Läden, eine Schule, ein Postamt. Menschenleerer Werktagabend. Jenny sieht alles so scharf wie ein Kind.

Das Einzige, was diese Welt greifbarer werden lässt als die wildeste Phantasie, ist die Tatsache, dass sie existiert. Abgesehen von diesem einen Unterschied ist Søreide für die Vernunft so unbegreiflich wie das Middle Earth der Hobbits oder Alices Wunderland.

Auch das hat wohl irgendein Philosoph so ähnlich formuliert. Dass das große Mysterium nicht darin besteht, *wie* die Welt ist, sondern allein *dass* sie ist.

Auch diese These hatte Jenny sich eingeprägt, als sie sich damals auf das philosophische Examen vorbereitet hatte. Dieser Satz schien alles zu umfassen, was man sich vorstellen konnte.

Sie aber hatte in all den Jahren, die seither verstrichen waren, nicht weiter darüber nachgedacht. Sie war viel zu beschäftigt gewesen zu leben. Die Welt selbst war kein Thema, über das man sich jeden Tag den Kopf zerbrach.

Anders sah die Sache allerdings aus, wenn man plötzlich erfuhr, dass man Krebs hatte. Dann gewannen Worte wie Welt, Leben oder Tod an Gewicht. Krebskranke entwickelten oft ein feines Gespür für die großen Fragen des Daseins. Viele behaupteten sogar, dass das einen Teil des Krankheitsbildes ausmache.

In der »Wesselstue« jedoch standen solche Gedanken nicht gerade auf der Tagesordnung. Den Ärzten und Studienräten aus Finse waren diese Gedanken fremd. Dazu waren sie zu gesund. Dazu waren sie ein bisschen zu sehr Tier.

Was unterschied sie denn von den Kühen und Schafen in Blomsterdalen? Sie standen einfach da. Ohne es überhaupt zu bemerken. Ohne einen Schritt zurückzugehen.

Was Siri wohl in Finse getrieben hätte, wenn es nur ein Geschlecht auf Erden gäbe? Vielleicht hätte sie die Sterne betrachtet. Vielleicht hätte sie den Kopf in den Nacken gelegt, um in den Weltraum zu schauen. Vielleicht hätte sie sich selber entdeckt und sich gefragt, woher sie gekommen sein mag.

Fast ihr ganzes Leben auf der Erde hatte Jenny wie eine Comicfigur verbracht, ohne ein Bewusstsein ihrer selbst. Nur ein seltenes Mal war ihr das Bewusstsein der eigenen Existenz wie ein Schauer durch den Leib gefahren.

Ein Mensch lebt bestenfalls achtzig oder neunzig Jahre, dachte sie jetzt. Eine Generation folgt der anderen ... Wir müssen alle sterben ... Wir leben nicht ewig ... – im Umgang der Menschen miteinander gibt es viele Floskeln.

Wenn wir nur drei oder vier Jahre lebten, würden wir uns damit genauso abfinden müssen. Dann wäre *das* unsere Natur. Aber selbst wenn wir tausend oder zehntausend Jahre lebten, wären wir unzufrieden, wenn das Ende näher rückte.

Sechsunddreißig Jahre ...

Ein Tag in der Ewigkeit. Ein Fingerschnippen in der Zeit. Jenny hatte nicht das Gefühl, schon lange erwachsen zu sein. Noch immer war sie Anfängerin.

Und dennoch: Sie beneidete die anderen nicht mehr um deren Gnadenfrist von einigen schnöden Tagen. Ob sie noch eine Woche oder tausend Jahre zu leben hätte, das war im Grunde unwesentlich, wenn sie doch ohnehin eines Tages aufhören würde zu sein … Es gab schließlich wichtigere Fragen als die nach dem exakten Zeitpunkt, an dem das Leben eines einzelnen Menschen zu Ende geht. Es ging um mehr als das einfache Feilschen um die Uhrzeit.

Nicht ich bin krank, dachte sie. Die Welt ist krank. Denn schließlich ist ja »alles, was entsteht, wert, dass es zugrunde geht«.

Das hatte auch Buddha gemeint, als er sagte, alles in der Welt sei von Leid erfüllt. Es gibt viel Gutes auf der Welt. Vieles, das wir lieb gewinnen. Aber nichts von dem, was wir lieben und an das wir uns klammern, ist von Dauer.

Ob es wohl ein Heilmittel gab gegen ihre Angst, sich selbst zu verlieren? Gab es nichts, was Jenny von ihrer Lebensgier heilen, nichts, was ihren Lebensdurst löschen konnte? Gab es irgendeine Perspektive, die wichtiger war als die Frage nach Sein oder Nichtsein?

Mit diesen Fragen beschäftigte Jenny sich am letzten Vorposten der Welt.

Die Sterne

Der Bus hält vor dem Flughafengebäude.

Jetzt sind nur noch drei Fahrgäste übrig. Jenny, Camilla und Camillas Vater. Sie suchen nach ihrem Gepäck.

Nach der langen Busfahrt, der längsten, die Jenny in ihrem ganzen Leben gemacht hat, hat sie jetzt das Gefühl, die beiden anderen sehr gut zu kennen. Sie stehen ihr näher als Siri, Ragnhild und die Kolleginnen aus dem Labor. Sie sind mehr als zufällige Mitreisende. Sie sind Mitmenschen.

Jenny wirft sich den grünen Mantel über den einen Arm und zieht mit dem anderen den Koffer aus der Gepäckablage. Dann verlässt sie den Bus, der Fahrer lässt den Motor aufheulen, schließt die Türen und fährt weiter.

Zwischen Søreide und Bergen ist es dunkel geworden. Die Erde hat sich einige Grad um ihre Achse gedreht und die Sonne hinter dem Horizont verschwinden lassen. Die roten Positionslichter am Rande des Flughafens beweisen, dass Jenny am Ende des 20. Jahrhunderts sterben wird.

Jenny bewegt sich mit schweren Schritten auf den Eingang zu.

Abflug … Departure.

Über dem flachen Flughafengebäude sieht sie die ersten Abendsterne wie blassblaue Tupfen im Halbdunkel.

Ferne Sonnen. Und doch unsere nächsten Nachbarn im Universum.

Jenny wird auf einem Planeten sterben, der sich um einen von hundert Milliarden von Sternen in der Milchstraße dreht. Und hinter der Milchstraße, weiter, als Jennys Gedanken reichen, gibt es weitere Hunderte Millionen solcher Galaxien.

Der Tod ist so nah – und die Sterne so weit weg.

Jenny hatte eine Phase, in der sie sich für Astronomie interessierte. Seit ihrer Gymnasialzeit, bis sie dann zum Chemiestudium nach Trondheim musste, hatte sie alle Bücher über den Weltraum gelesen, die sie finden konnte. Sie war wie besessen gewesen.

Jenny wusste, dass alle Materie im Universum eine organische Einheit bildet. Sie wusste auch, dass alle Materie sich in Urzeiten zu einem so ungeheuer massiven Klumpen zusammengeballt hatte, dass ein Stecknadelkopf viele Milliarden von Tonnen wog. Sie wusste, dass das Universum aufgrund der enormen Schwerkraft explodiert war. Sie wusste auch, dass das Universum, das sie jetzt umgab, ein Ergebnis dieser Explosion war. Und mehr noch: Sie wusste, dass alle Galaxien noch immer mit astronomischer Geschwindigkeit auseinander strebten.

Als Gymnasiastin hatte Jenny sich selbst einmal in einen größeren Zusammenhang gestellt. Sie hatte Koordinaten in Zeit und Raum gezogen und ihren eigenen Ort ausgelotet. Sie hatte gelernt, mit den willkürlichen Ereignissen umzugehen, mit denen man als Mensch auf der Erde nun einmal konfrontiert wird. Später hatte das Leben auf der Erde sie dann wohl immer fester in den Griff genommen.

Jenny sieht einen Stern über dem Flughafen von Bergen. Sie weiß, dass das Licht dieses Sterns Milliarden von Kilometern zurückgelegt hat, ehe es am 5. April 1983 um 21 Uhr mit ihrem Blick zusammentrifft.

Das Licht dieses Sterns hat Zeit gebraucht für diese lange Reise. Bei jedem Pulsschlag in Jennys Körper hat es sich Hunderttausende von Kilometern durch die Weltnacht hindurch fortgepflanzt. Und dennoch hat es Tage und Monate und Jahre gebraucht. Zehn Jahre, hundert Jahre, Tausende von Jahren …

In den Weltraum zu blicken bedeutet, in der Zeit zurückzusehen. Wir sehen das Universum nicht so, wie es ist, sondern so, wie es vor langer Zeit war …

Wenn die Radioteleskope das Licht ferner Galaxien auffangen können, die Milliarden von Lichtjahren von uns entfernt liegen, dann zeichnen sie eine Karte des Weltalls, wie es in Urzeiten nach dem Urknall ausgesehen hat. Denn das Universum kennt keine zeitlose Geographie. Das Universum ist ein Ereignis. Das Universum ist eine Explosion.

In den Weltraum zu blicken bedeutet, in der Zeit zu reisen. Jenny weiß das. Sie weiß es, seit sie siebzehn ist.

Alles, was ein Mensch am Himmel sehen kann, sind kosmische Fossilien, die Tausende und Millionen von Jahren alt sind. Alles, was ein Sterndeuter vermag, ist, die Vergangenheit zu deuten.

Wenn eine krebskranke Diplomchemikerin vom geschäftigen Leben auf der Erde aufschaut und ihren Blick auf den Weltraum richtet, dann blickt sie zurück in die Geschichte des Alls. In einer klaren Nacht sieht sie Millionen, ja, Milliarden von Jahren zurück in die Vergangenheit. Dann blickt sie gewissermaßen heimwärts, heimwärts zu ihrem kosmischen Ursprung.

Als Kind wurde Jenny beim Gedanken an die Unendlichkeit des Universums oft schwindlig.

Ihr Vater hatte ihr erklärt, dass die Welt eine winzige Kugel sei, die ihre Bahn um die Sonne ziehe. Die Sonne war ein Stern. Und hoch oben am Himmel gab es Millionen und Abermillionen solcher Sonnen.

Und hinter den Sternen? Wiederum Millionen von neuen Sternen. Und dahinter?

Beim Lesen war Jenny dann auf die Tatsache gestoßen, dass es sich hier um ein veraltetes Weltbild handelte. Das Universum war nicht unendlich. Groß war es. Aber nicht unendlich.

Und musste einem bei diesem Gedanken nicht erst recht schwindlig werden? Dass das Universum endlich war, die Wirklichkeit ein rätselhafter Koloss, der sich aus dem absoluten Nichts erhob?

Als Jenny auf die Abflughalle zugeht, muss sie an einen Astronomen denken, über den sie gelesen hat, dass er die Gesamtanzahl der Galaxien im Universum berechnet hat. Und damit nicht genug: Er hat nicht nur die Sterne am Himmelszelt gezählt. Er hat auch die totale Anzahl von Elementarpartikeln im Weltraum ausgerechnet und das Gewicht des Universums festgestellt.

Dieser Gedanke versetzt Jenny in ziemliche Aufregung.

Die Wirklichkeit, denkt sie, die Wirklichkeit ist ein Gegenstand, der eine ganz bestimmte Anzahl von Kilos wiegt.

Momentan verteilt sich die Masse des Universums auf Milliarden von Galaxien in einem riesigen Bereich. Doch so ist es nicht immer gewesen. Irgendwann in grauer Vorzeit, vor zehn oder fünfzehn Milliarden von Jahren, hat die gesamte Masse im Universum einen einzigen Gegenstand geformt. Damals bildete ein einziger Gegenstand die Wirklichkeit.

Bei diesem Gedanken beschleunigt sich Jennys Puls.

Alle Sterne und Galaxien im Himmelsraum bestehen aus derselben Materie. Einiges davon hat sich hier und da zusammengeballt. Eine Galaxis kann von der anderen Milliarden von Lichtjahren entfernt sein. Aber alle haben denselben Ursprung. Sie alle sind vom selben Geschlecht …

Was war denn dieser Weltstoff?

Was ist es, das vor Milliarden von Jahren explodierte? Woher kam es?

Diese Frage betrifft Jenny zutiefst. Denn sie selbst ist aus diesem Stoff.

Alkohol

»Ich möchte einen Flugschein abholen. Für den Flug nach Oslo, 22.20 Uhr.«

»Haben Sie eine Bestellnummer?«

»Eine …«

»Ist Ihnen keine Bestellnummer genannt worden?«

»Doch … Moment … warten Sie … ich sehe nach … XZ 812.«

»Hatlestad?«

»Ja. Jenny Hatlestad.«

»Macht 592 Kronen.«

Jenny bezahlt ihren Flug mit einem Scheck der »Bergen Bank«.

Sie ist schon lange nicht mehr auf einem Flughafen gewesen. Und jetzt überlegt sie sich, dass sie wohl zum allerletzten Mal in ihrem Leben mit einem Flugzeug fliegen wird. Vielleicht stellt sie auch zum letzten Mal einen Scheck aus.

»Und mein Koffer?«

»Den können Sie am Schalter gegenüber einchecken.«

Jenny durchquert die Abflughalle. Am Schalter hat sie die Wahl zwischen einer aalglatten Frau von Ende Zwanzig und einem ebensolchen Mann in ihrem eigenen Alter. Vermutlich haben beide einen Lächelkurs absolviert. Sie entscheidet sich für den Mann.

»Ich hab's sofort gesehen«, sagte er, als sie ihm ihren Flugschein reicht. »Aber ich warte immer, bis ich auf dem Ticket nachsehen kann.«

Also ist sie schon wieder durchschaut worden. Zum zweiten Mal an diesem Tag. Natürlich können ihr alle ansehen, dass sie krank ist.

Sie blickt den Mann verständnislos an. Er lächelte breit.

»Jenny!«, sagte er. »Erinnerst du dich denn nicht mehr an mich?«

»...«

»Du – schau mir doch mal in die Augen ...«

»Ach, Anders! Natürlich ... ich war einfach völlig in Gedanken versunken. Anders Løvstakken.«

»Genau. Abi 1966. Ich hab dich vom Abifrühstück nach Hause gefahren. Da war vielleicht der Bär los!«

»Immerhin ist das schon siebzehn Jahre her ...«

»Hast du dann nicht geheiratet? Irgendsoeinen Theatermenschen aus Trondheim?«

»Ja – und dann hab ich mich scheiden lassen ...«

»Und jetzt?«

»Was, jetzt?«

»Na ja, wieder frei auf dem Markt?«

Frei. Jenny konnte dieses Wort im Moment einfach nicht verstehen. Und trotzdem fühlte sie sich davon provoziert. Was bedeutete es denn, dass ein Mensch »frei« war?

»Und du willst nach Oslo? Hast du da vielleicht was am Laufen?«

»Ja – nach Oslo.«

»Geschäfte?«

Jenny merkte, dass sie wütend wurde. Und das war vielleicht genau das, was sie jetzt brauchte. Um etwas Wärme in ihre Wangen und ihren Kreislauf auf Trab zu bringen.

»Ich fahre zu einem Kongress ... In Helsinki.«

»Wie interessant. Und worum geht es da?«

»Um Adrenalin. Synthetisches Adrenalin.«

Damit hatte sie ihn abgewimmelt. Er grinste noch einmal breit und reichte ihr die Bordkarte. »Guten Flug, Jenny. Damals war ich ein bisschen verliebt in dich, weißt du ...«

Sie brachte ein steifes Lächeln zustande, dann kehrte sie ihm den Rücken zu. Er hatte die Abizeit noch immer nicht hinter sich gebracht.

In der Abflughalle wimmelt es nur so von wichtigen Leuten. Ostertouristen und steife Geschäftsleute, wild durcheinander. Geschäftsleute bilden die Mehrzahl, Pinguine mit Regenschirm und Diplomatenkoffer ...

Jenny blickte durch sie hindurch.

Sie ging zur Cafeteria. Ob sie sich ein Glas Campari kaufen sollte? Eines stand fest – sie konnte es sich leisten. Jenny hatte sich noch nie so viel leisten können.

Campari ...

Vor ein paar Wochen hatte sie Campari als Getränk für die Götter bezeichnet. Es war ein Luxus, den sie sich nur selten gönnte. Beim Rotwein war sie schon großzügiger gewesen ...

Warum sollte sie sich nicht ein Glas Campari kaufen? Und dann noch eins. Und noch eins. Um das Ganze dann mit einem Glas Portwein abzurunden. Ja, warum sollte sie sich auf dem Weg nach Oslo nicht sternhagelvolllaufen lassen? Sie hatte wirklich allen Grund dazu. Es würde ihr sicherlich guttun. Und ihre Schwester würde Verständnis dafür haben ...

Zuweilen hatte Jenny eine sehr enge Beziehung zum Alkohol gepflegt. Vor allem in der ersten Zeit, nachdem sie sich von Johnny getrennt hatte. Er hatte phasenweise so heftig getrunken, dass sie allein schon deshalb allen Appetit auf Alkohol eingebüßt hatte. Danach hatte sie dann alles Versäumte gewissenhaft nachgeholt. Letztlich hatte sie sich am Riemen gerissen. Aber einige Flaschen Rotwein pro Woche waren üblich. Und die wurden ebenso oft allein wie zusammen mit Bekannten konsumiert.

Der Wein hatte eine paradoxe Eigenschaft gehabt. Er hatte ihr ein innigeres Verhältnis zur Welt um sie herum vermittelt. Und er hatte gleichzeitig Distanz zu allem geschaffen, eine Distanz, die nötig war, um die Welt als Ganzes zu begreifen.

Nach einer Flasche Rotwein hatte Jenny die Welt gerade so weit von sich weggerückt, dass sie sie verstand. Jenny war dann manchmal ans Fenster gegangen und hatte lange hinausgeschaut. Kein Haus, kein Baumwipfel und kein Mensch dort draußen waren ihr in diesem Moment unwichtig erschienen. Vielleicht gerade, weil sie so hoch über allem geschwebt hatte ...

Wenn sie Glück hatte, dann war es passiert, dass sie an das Leben ganz allgemein gedacht hatte, an das Universum, das Weltall. Und an sich selber als Teil des großen Ganzen.

Ihr war nicht so ganz klar, ob das ihre Eigenschaft oder die des Weines war. Denn am nächsten Morgen waren diese Gedanken immer wie weggewischt.

Am nächsten Tag musste sie einsehen, wie dicht ihr die Banalitäten der ganzen Welt doch auf den Leib gerückt waren. Die tausend winzigen Details. Und die Dinge hatten dann rasch auch die Wärme des Vorabends eingebüßt.

Der Wein hatte Jenny auch gelehrt, die vielen Änderungen im Dasein gelassen hinzunehmen. Tagsüber hatte sie die Details vielleicht klarer gesehen als nachts. Aber das war dann auf Kosten der Ganzheit geschehen, des Überblicks. Wenn es diese »Ganzheit« überhaupt gab. Wenn es nicht nur eine Abstraktion war. Und eben eine Folge des Weins ...

Sogar der Tod war ihr nach einigen Gläsern akzeptabel vorgekommen ...

Die wichtigste Eigenschaft des Weines war wahrscheinlich, dass er zu Toleranz anregte. Nicht zu Resignation, nicht zu Nachgiebigkeit. Das war nicht die Natur des Weines. Er regte zu aktiver und positiver Toleranz an. Zu Versöhnung ... ja, zu Verschmelzung.

Die Diagnose, hatte sie auf halber Höhe des Flascheninhalts gedacht, die Todesbotschaft, die möchte ich nach einer Flasche Wein entgegennehmen. Dann könnte sie entscheiden, ob sie alles Schritt für Schritt durchleben oder ob sie sofort allem ein Ende bereiten wollte. Während der Wein alles in eine versöhnende Decke hüllte ...

Jetzt stand Jenny in der Cafeteria auf dem Flughafen Flesland und überlegte sich, ob sie ein Glas Campari trinken sollte. Sie entschied sich dagegen. Jetzt wollte sie nüchtern sein.

Das Problem jetzt war aber nicht das Nüchternbleiben, sondern die Tatsache, dass sie sich nicht nüchtern genug fühlte. Wenn sie sich ein Getränk hätte kaufen können, das sie noch nüchterner gemacht hätte, dann hätte sie das getan. Warum hat niemand bisher ein solches Getränk erfunden?

Jenny blickte sich in der Abflughalle um.

Einige Pinguine saßen in dem kalten Lokal hinter einem Bier oder einer Tasse Kaffee, beugten sich über ihren Diplomatenkoffer oder versteckten sich hinter ihrer Zeitung. Die meisten aber wieselten durch die Gegend, mechanisch wie in einem alten Stummfilm.

Sie waren moderne Menschen. Sie erinnerten Jenny an Roboter. Eine Gruppe nach der anderen sollte in eine andere Stadt gefunkt werden ...

Draußen war es sternenklar. Und vielleicht auch kalt. Doch drinnen war es kälter. Es war ein eiskalter Wind, der zwischen den Menschen wehte.

Jenny fühlte sich zu der Nacht draußen hingezogen. Hier in der Abflughalle war kein Trost zu finden. Keine Toleranz. Keine Versöhnung.

Raus hier! dachte sie. Hinaus in die Nacht!

Die Uhr zeigte einige Minuten nach neun. Noch über eine Stunde bis zu ihrem Flug.

Und wenn sie das Flugzeug verpasste, dann würde am nächsten Morgen sicher auch noch eins gehen.

Sie hatte kein Gepäck. Sie brauchte nur noch an sich selber zu denken.

Erkenntnis

Draußen ist es fast dunkel. Hoch oben über der Aprilnacht hängt eine Decke aus funkelndem Licht. In jeder Lampe unter dieser Decke glitzert eine Glühbirne von einem Tausendstel Watt.

Jenny geht vorbei an Bussen und Taxis und Mietwagen. Nicht langsam, aber mit sehr bestimmten Schritten. Sie überquert die Straße und hält auf den Birkenwald zu.

In der Dunkelheit sieht der Wald aus wie ein unbezwingbares Gestrüpp. Doch Jenny findet einen Pfad, der sich zwischen den Bäumen hindurchschlängelt.

Sie nimmt den herben, fast säuerlichen Geruch des Frühlings wahr. Den Geruch von fauliger Erde. Aber auch den süßen Duft keimenden Lebens. Auch dadurch fühlt sie sich an die Ursprünge des Seins erinnert …

Sie greift nach den Baumstämmen, tastet in der Luft nach den Zweigen, berührt die winzigen Knospen. Dann bleibt sie lange stehen und umarmt einen schlichten Stamm.

Das ist meine Welt, denkt sie. So sieht es hier aus …

Sie geht weiter, bis die Lichter des Flughafens nicht mehr zu sehen sind. Als Lärm aus einer Welt, die nichts mehr mit ihr zu tun hat, hörte sie den gewaltigen Motor eines Flugzeugs aufbrausen.

Sie kommt an eine Lichtung. Hier setzt sie sich auf einen Baumstumpf. Sie packt das Gras, spürt den kalten Erdboden an ihren Fingern.

Dann hebt sie einen großen Stein vom Boden auf und legt ihn sich auf den Schoß. Er ist so schwer, es tut gut, ihn zu berühren. Er ist so massiv. So solide.

Sie hat das Gefühl, mit diesem Stein die ganze Nacht emporzuheben. Die ganze Welt. Und das Gefühl, an einem eingeschlafenen Bein zu ziehen …

Ich bin die Welt …

Jenny ist nicht betrunken. Sie ist krank. Und sie ist jetzt ganz nüchtern.

Ich muss sterben, denkt Jenny. Aber ich bin mehr als ein verirrter »Gast in der Wirklichkeit«: Ich *bin* die Wirklichkeit.

Die schwarzen Baumwipfel zeichnen sich als vage Schatten vor dem dunklen Himmel ab. Wenn es noch dunkler wird, dann wird sie Himmel und Erde nicht mehr voneinander unterscheiden können.

Ich bin nicht anwesend in irgendeiner Welt. Ich *bin* die Welt.

Sie sagt es laut vor sich hin: *Ich bin die Welt.*

Das hat sie auch früher schon gedacht. Dass die Welt ein Mysterium war. Ein Rätsel. Und dass dieses Rätsel etwas mit ihr selbst zu tun habe. Doch jetzt – jetzt war das mehr als nur ein Gedanke. Jetzt war es eine so umwerfende Erkenntnis, dass sie darauf schwören könnte.

Ein vages Gefühl der Sympathie mit allem, was existiert, hatte sie auch früher schon überkommen. Manchmal war einfach der Wein die Quelle dieses Gefühls gewesen. Aber sie hatte sich niemals ganz von dem Eindruck befreien können, ein willkürliches Wesen zu sein, das in einer ebenso willkürlichen Wirklichkeit gelandet war. Die Kluft zwischen ihr selbst und allem anderen war unüberbrückbar gewesen.

Diese Welt, die existiert, dachte Jenny jetzt, diese Welt, die meine ist, ist doch nicht meine. Sie *ist* ich.

Was hatte sie für einen schmerzlichen und schwierigen Weg zurücklegen müssen, um zu dieser einfachen Erkenntnis zu gelangen! Gab es in diesem Universum denn überhaupt irgendeine näher liegende Erkenntnis? War es möglich, sich selbst bei einem einfacheren Gedanken zu ertappen?

War dieser Gedanke nicht unendlich viel einfacher als die ganze christliche Mythologie – mit ihrer jahrtausendealten Tradition, die Wirklichkeit zu verdoppeln?

Ich bin all das, was existiert. Ich bin das, was sich nur so unendlich selten als Ganzheit erleben darf. Als eine Person.

In diesem Moment schien sie die gesamte Wirklichkeit zu verkörpern, wie sie dasaß.

Über den Bäumen stechen die Sterne wie spitze Nadeln in die Nacht. Ihr Licht zieht sich wie gespannte Saiten zwischen Himmel und Erde dahin. Auf diese Weise scheinen sie das Universum zusammenzuhalten.

Jenny nimmt den Stein von ihrem Schoß und legt ihn zurück auf den Boden.

Etwas scheint sie von ihrem Baumstumpf zu erheben. Sie steht nicht von selbst auf, doch sie spürt, dass ihr Körper sich erhebt. Irgendein Auftrieb hebt sie plötzlich in die Höhe. Ein Druck unter ihr.

Sie geht ein paar Schritte. Doch sie spürt ihr eigenes Gewicht nicht. Denn sie ist nicht nur sie selbst. Sie ist auch der Boden. Und der Boden ist wie ein eingeschlafenes Bein.

Sie hat das Gefühl, über Wasser zu gehen. Unter sich das Meer, auf allen Seiten das Meer. Doch dieses Meer, das sie unter ihren Füßen spürt, diese Tiefe, die sie trägt – ist ein Meer, eine Tiefe in ihr selbst.

Ein Stück von ihrem Ich scheint aus ihr heraus- und in etwas Größeres hineingesogen zu werden. Auf diese Weise verschwindet sie gewissermaßen, ist nicht mehr da. Sie scheint sich selbst zu verlieren, wie ein Tropfen sich selbst verliert, wenn er auf die Wasseroberfläche trifft.

Jenny ist nicht mehr. Und gleichzeitig ist sie das Ganze. Wie ein Tropfen im Meer das Meer *ist*, und nicht nur ein Tropfen.

Jenny spürt ihr eigenes Gewicht nicht mehr, doch sie spürt um sich herum die Materie der Welt. Den Weltkörper.

Die Bäume, die Steine, der Baumstumpf, auf dem sie gesessen hat. Der Wald um sie herum. Alles gehört zusammen, alles ist eins. Nur die Oberfläche ist verschieden.

Die Formen um sie herum sind wie kleine Wellen an der Oberfläche eines Ozeans. Unter allem sitzt der Druck einer Tiefe, die alles nach oben schiebt. Der Druck eines bodenlosen Abgrunds, einer Finsternis, aus der das Licht hervorquillt, eines schwarzen Loches, so voll, dass es schon wieder leer ist.

Früher war Jenny nur aufgeregte Oberfläche. Jetzt ist sie auch die schwere, dichte, stumme Tiefe darunter.

Die Wellen an der Oberfläche sind jetzt zur Ruhe gekommen.

So, wie die Bäume, die sie umgeben, sich erheben, hochgehoben werden, genauso steht sie in dieser Landschaft. Genauso *ist* sie diese Landschaft.

So, wie sie den Daumen an ihrer Hand spürt – so spürt sie auch die Landschaft um sich herum, als wäre sie ihr eigener Leib.

Dieselbe Lebenskraft, die durch ihre Adern strömt, fließt auch als Saft in den Birkenstämmen. Und das alles, Bäume, Steine, Baumstumpf, Gras, der Boden, auf dem sie steht, und sie selbst –, das alles ist *ein* Bewusstsein, *ein* Geist.

Sie spürt, wie das Bewusstsein aus ihr heraussickert und verschwindet, zerfließt. Zugleich fühlt sie sich umgeben von Bewusstsein, eingehüllt in einen warmen, lebendigen Bewusstseinsstrom.

Großer Gott! denkt Jenny. Großes Ich!

Sie hat das Gefühl, aus der Zeit hinausgerissen worden zu sein.

Zeit?

Wörter wie Zeit und Raum ergeben keinen Sinn. Jenny ist jetzt nicht mehr in der Zeit. Sie steht außerhalb von Zeit und Raum.

Sie erlebt etwas, das nicht Sekunden *oder* Jahre dauert. Es dauert Sekunden *und* Jahre. Und noch länger, und noch kürzer.

Die Welt, Jennys Alltagswelt, sie ist eine Schale, aus der sie herauskriecht.

Ein unbeschreibliches Glücksgefühl erfüllt sie. Jetzt hat sie keinen Wunsch mehr, nichts will sie noch. Nicht, weil sie alles *hätte,* was sie sich wünschen kann, sondern weil sie das alles *ist.*

»Buddha!«, flüstert sie. »Nirwana ...«

Und dann fügt sich wieder alles zum alten Bild.

Bäume sind wieder Bäume, Steine werden zu Steinen, der Baumstumpf, auf dem sie gesessen hat, wird zu einem Baumstumpf im Wald, die Sterne ziehen ihre spitzen Finger Tausende von Lichtjahren zurück, und Jenny Hatlestad ist unterwegs nach Oslo, um zu sterben.

Sie spürt, dass die Wärme, die sie gerade noch umgeben hat, verweht. Übrig ist nur eine ausgebrannte Welt, eine Welt voll kalter Asche.

Was sie erlebt hat, lässt sich unmöglich beschreiben. Doch sie ist überzeugt davon, dass sie etwas Wirkliches, etwas Greifbares erlebt hat.

Von dieser kühlen Aprilnacht bleibt ihr eine ganz neue Erkenntnis, eine Wahrheit, an der sie niemals zweifeln wird.

Lachen

Jenny folgt dem Weg aus dem Birkenwald hinaus und geht zurück zum Flughafen. Zum ersten Mal seit vierzehn Tagen lächelt sie. Es ist nicht gerade ein glückliches, aber doch ein schlaues, ein schelmisches Lächeln.

Fast hätte sie laut losgelacht. Um ein Haar hätte sie losgeprustet. So, als hätte sie gerade die Pointe eines Witzes begriffen.

Sie hat tatsächlich eine neue Dimension entdeckt. Sie hat gesehen, dass die chinesische Schachtel eine weitere Schachtel enthält. Die Schachtel mit dem Gold. Sie hat gesehen, dass sich in der russischen Puppe eine weitere verbirgt. Die Puppe, die lacht und kleine Pirouetten dreht. Sie hat ein Vexierbild durchschaut.

Als Jenny durch die Stadt ging, wütete in ihr die Todesangst.

Mach, dass das ein Traum ist, hatte sie gedacht. Mach, dass das ein Alptraum ist, aus dem ich wieder aufwachen kann. Aber sie war nicht aufgewacht, sie war längst hellwach.

Und dann war sie dennoch erwacht.

Jenny war wach gewesen, als sie den Flughafen verlassen hatte. Sie war hellwach gewesen, seit sie morgens früh in ihrer Wohnung in Åsane die Augen aufgeschlagen hatte. Aber hier im Birkenwald war sie noch einmal aufgewacht. Jetzt war sie doppelt wach. Ihr ganzes Leben kam ihr jetzt vor wie ein Traum.

Der Zauber war vorbei. Die Illusion, zum Tode verurteilt zu sein, war gebrochen.

Das Leben, das sie bisher gelebt hatte, war wie ein naiver Comic, in dem die Wirklichkeit in Kästchen eingeteilt erschien. Jetzt war alles umgeschmolzen worden. Die Kästchen waren verschwunden. Und alles wurde zu einer Ganzheit. Ein Strom, ein Bewusstsein, ein Ich …

Jenny war das Opfer einer Illusion gewesen. Sie hatte ihr Leben in einem Spiegelkabinett verbracht. Sie hatte ihre Rolle in einem Narrenspiel gespielt. Aber jetzt, jetzt war der groteske Traum vorbei.

Jetzt war sie nicht länger in einen krebskranken Körper eingesperrt. Denn das, was sie so großartig als »Ich« bezeichnet hatte, das war nicht ihr eigentliches Ich. Das war nur ein Oberflächen-Ich, ein illusorisches Ich, ein Traum-Ich, das sich im selben Moment auflöste, da sie erwacht war.

Ihr eigentliches Ich, ihr innerstes Selbst, das war nicht zum Tode verurteilt. Es würde nicht sterben, so, wie auch der Wald nicht stirbt, wenn ein Baum umgehauen wird.

Jenny wurde nicht am 1. März 1947 in Bergen geboren. Jenny ist nicht sechsunddreißig Jahre alt. Jenny hat es immer gegeben. Jenny wird es immer geben.

Wenn sie nun zu den Sternen über den Baumwipfeln hochsah, dann waren sie gar nicht mehr so weit weg. Vielmehr bezeugten sie jetzt Jennys eigene Größe. Denn sie *war* Sterne, und sie *war* Boden, auf dem sie stand.

Warum also sollte Jenny sich vor dem Sterben fürchten?

Sie war die Wirklichkeit!

Dass sie das nicht schon längst begriffen hatte!

Dass nicht alle Menschen dasselbe begriffen!

Dennoch wäre es nutzlos, anderen davon zu erzählen. Viel zu eifrig zappelten sie im Netz, viel zu sehr waren sie in die Illusion verliebt.

Der Zauber hatte sie noch zu fest in seinem Bann, viel zu sehr klammerten sie sich an ihr eigenes Ego, an ihr eigenes kleines, armes, zielloses »Ich«.

Jenny aber hatte nichts zu verlieren. Es fiel ihr nicht schwer loszulassen. In dieser Hinsicht war sie besser dran als die meisten anderen.

Sie stand am äußersten Vorposten der Welt. Fast hatte sie den Nullpunkt erreicht. Und den musste man passieren, wenn man den neuen Himmel und die neue Erde sehen wollte.

Sie *war* die Welt!

Der einfachste Satz der Welt. Die allernatürlichste Behauptung der Welt. Und dennoch – so unmöglich, ihn anderen zu vermitteln!

Was waren schon Worte im Vergleich zu diesem tödlichen Strahl von Gewissheit? Denn Jenny, Jenny war tot. Sie war im Wald dort drüben gestorben. Wie der Tropfen stirbt, wenn er das Meer küsst.

Doch das war ein Tod, der über den Tod triumphierte. Der Tod im Birkenwald ließ den physischen Tod zu einem Problem werden, das geringfügiger war als das Hinunterschlucken einer Vitaminpille.

Sie hatte sich selbst verloren. Jenny Hatlestad. Jetzt konnte sie ganz gelassen sein. Jetzt war es zum Sterben zu spät.

Jenny hatte etwas erlebt, was ihr niemand mehr nehmen konnte. Doch es war kein privates Erlebnis.

Privat!

Das Wort erinnerte sie an ihre alte Comic-Wirklichkeit. Ein Donald-Duck-Wort.

Dies hier war etwas Universales. Es war etwas Einleuchtendes, Selbstverständliches, etwas für alle Gültiges. Denn lag es nicht ganz offen und für jedermann zugänglich da?

Das Geheimnis war der Tag selbst. Die Wirklichkeit. Das Universum. Der Weltkörper.

Zum zweiten Mal an diesem Abend geht Jenny Hatlestad auf das Flughafengebäude zu. Diesmal aber hat sie den Kopf dabei nicht gesenkt. Hocherhobenen Hauptes geht sie. Stolz.

Über der niedrigen Abflughalle sieht sie ein flimmerndes Sternengewirr, wie Funken eines Feuers, das vor fünfzehn Milliarden Jahren angezündet worden ist.

Ihr ganzes Leben lang hatte Jenny den Sternenhimmel betrachtet, ohne zu begreifen, was sie da sah. Ohne es begreifen zu *wollen.*

Sie hatte ein Dutzend Bücher über Galaxien, Spiralnebel und Supernovas gelesen. Über Rote Riesen, Weiße Zwerge und Schwarze Löcher. Für all das hatte sie sich interessiert. Wie andere sich für alte Münzen oder benutzte Briefmarken interessierten.

Und dennoch: Ihr Interesse am Universum war wohl kaum Zufall gewesen. Ohne sich darüber im Klaren zu sein, war sie bereits vor zwanzig Jahren ihrem Erlebnis im Birkenwald auf der Spur gewesen. Immer schon hatte sie die Sehnsucht nach Ganzheit und Harmonie in sich getragen.

Vor einigen Stunden noch war sie eine krebskranke Diplomchemikerin gewesen, die um einen leichten Tod gebetet hatte. Jetzt sah sie das, worum sie gebetet hatte, hoch oben in der Lichtjahrnacht über dem Flughafen Flesland. Jahrmilliarden, bevor sie die Hände gefaltet hatte, hatte sich die Erhörung ihres Gebetes bereits auf die Reise gemacht.

Auch Jenny ist ein Funken dieses Feuers. Sie ist aus demselben Stoff, aus dem die Sterne sind. Auch sie ist Sternenstaub.

Einst war die Weltmaterie ein einziger Leib, ein Körper. Dann wurden Fasern dieses Körpers in alle Himmelsrichtungen geschleudert.

Jenny ist eine zerrissene Ganzheit, eine zerfetzte Göttin. Sie war es, die vor fünfzehn Milliarden Jahren explodiert war. Damals war sie in viele Stücke zerbrochen. Und in dieser Nacht hat sie den Weg zu sich selbst zurückgefunden.

Masken

In der Abflughalle wimmelt es nur so von wichtigen Personen. Ostertouristen und steife Geschäftsleute. Sogar auf diesem Abendflug sind die Geschäftsleute in der Mehrzahl. Pinguine mit Diplomatenkoffer.

Jenny schaute durch sie hindurch.

Kindermenschen, dachte sie. Sie zitterte unter ihrem Mantel.

Jenny stand allein zwischen Himmel und Erde. Sie und diese Kindermenschen hatten sich nichts zu sagen.

Was ihr Angst machte, war, dass sie sich nicht einmal mehr einsam fühlte.

Ob sie eine Seele hatten?

Ob sie eine Seele hatten, diese Figuren, die hier hin- und hereilten, mechanisch, wie in alten Stummfilmen?

O nein, dachte Jenny. Sie alle *haben* keine Seele. Sie *haben* nicht mehr Seele als eine einzelne Ameise in einem Ameisenhaufen. Sie *sind*

Seele. So, wie eine Traumgestalt keine Seele *hat*, sondern die Seele der Träumenden *ist*.

In der Abflughalle hielten sich keine zweihundert Seelen auf. Es gab viele Masken, aber hinter allen Masken steckte ein unteilbares Ich. Sie alle waren Repräsentanten ein und derselben Seele, einer Seele, die sie in ihrem kurzsichtigen Eifer nicht sehen konnten. Sie *waren* etwas, von dessen Existenz sie offenbar nicht die geringste Ahnung hatten.

Jenny betrachtete alle Gestalten mit zusammengekniffenen Augen und sah in jeder und jedem dasselbe. Sie waren alle vom selben Geschlecht.

Und dann geschieht noch einmal etwas mit ihr. Noch einmal vollzieht sich an ihr eine Veränderung.

Auf einmal ist sie erfüllt von Mitleid mit den vielen Menschenkindern, die in einem einzigen dichten Wirbel des Lebenshungers um sie herumjagen.

Es tut so weh mitanzusehen, wie sie sich anstrengen, wie sie sich an ihr eigenes kleines Ich klammern. An ihr Oberflächen-Ich. Ihr Ego. Ihr Illusions-Ich.

Immer mit der Ruhe, denkt Jenny. Lasst einfach los.

Wenn ihr euch selber loslasst, dann gewinnt ihr alles. Aber erst müsst ihr den Nullpunkt passieren. Erst müsst ihr sterben, müsst die harmlose Vitaminpille schlucken.

Wer sein Leben retten will, muss es verlieren … Das Saatkorn fällt ins Erdreich und stirbt …

Wie gern hätte sie einen dieser Menschen angehalten und ihm von ihrem Wissen erzählt. Doch konnte sie sich schlecht einen vorübereilenden Geschäftsmann mit Regenschirm und Diplomatenkoffer vorknöpfen, ihm tief in die Augen blicken und ihn fragen:

»Entschuldige bitte, aber weißt du überhaupt, dass du die Wirklichkeit, dass du Gott *bist*?«

»Wie beliebt?«

»Du bist kein zufälliger Bestandteil der Masse, keine Nummer in der Reihe …«

»Wie bitte? Zufällig? Nein, das war mir tatsächlich nicht klar.«

»Du bist alles. Du bist das Universum, von A bis Z.«

»Was erzählst du da?«

»Du bist nicht nur ein Gast in der Wirklichkeit. Du *bist* die Wirklichkeit …«

»Aha? Ja, vielleicht in gewisser Weise. Klingt ganz originell …«

»Aber du bist das Opfer einer Illusion, die dich in Stücke reißt und dich von dir selbst trennt.«

»Aha ... du, ich muss jetzt einchecken.«

Und dann fällt ihr Blick auf Anders Løvstakken hinter seinem Schalter. Er blickt zu ihr herüber und nun erwidert sie sein warmes Lächeln. Heute Abend wird er nun doch noch mit ihr sprechen können, aber nicht so, wie er sich das vorstellt.

Sie durchquert die Halle.

»Du hast ja ausreichend Zeit eingeplant, Jenny ...«

Jenny. Sie fuhr zusammen, als sie noch einmal ihren Namen hörte. So normal und selbstverständlich.

»Ich habe einen Spaziergang gemacht.«

»Das sehe ich. Willst du dir nicht den Dreck vom Mantel wischen?«

Das hatte sie ganz vergessen. Aber es erinnert sie an etwas.

»Doch, Anders. Und ich habe etwas Seltsames erlebt ...«

»Was denn?«

»Ich habe doch gesagt, dass ich nach Helsinki will ...«

»Stimmt. SK 484, morgen, 11.05 Uhr, ab Oslo.«

Wie neugierig er doch war. Aber das spielte jetzt auch keine Rolle mehr.

»Ich fliege nicht nach Helsinki. Ich fliege nach Oslo, um dort zu sterben.«

»Was sagst du da?«

»Du hast richtig gehört, aber es macht nichts. Es spielt keine Rolle mehr. Ich bin draußen im Birkenwald gestorben ...«

»Du warst immer schon ein bisschen komisch, Jenny. Jetzt weiß ich wirklich nicht so ganz, was ich davon halten soll. Du kommst mir ehrlich gesagt ein bisschen überspannt vor.«

»Weißt du, ich hatte das Gefühl, mich selbst zu verlieren, ich war gewissermaßen verschwunden. Gleichzeitig *war* ich alles, was mich umgab ... Plötzlich war ich Gott!«

»Sag mal, ist alles in Ordnung mit dir?«

»Ja und nein. Aber das spielt wirklich keine Rolle, hörst du? Auch du bist nicht wirklich gesund. Ein Fingerschnippen, und schon bist du verschwunden. Die Jahre vergehen und weg bist du.«

»So schnell geht das ja wohl nicht. Und bis auf weiteres geht es mir ganz gut.«

»Darum beneide ich dich nicht.«

»Worum?«

»Ich beneide dich nicht mehr darum, dass es dir gut geht.«

Warum war das bloß so schwierig? Wie gern wollte sie einen Menschen an ihrer so teuer erkauften Erkenntnis teilhaben lassen. Aber stattdessen verwickelte sie sich in ein völlig schief laufendes Gespräch mit einem Mann, den sie im Grunde kaum kannte.

»Du, Jenny, jetzt hör mir mal zu. Schieb doch diese Osloreise auf. Ich kann dein Gepäck zurückholen. Du kannst morgen oder wann immer du willst fliegen. Aber erst kommst du mit zu mir. Ich wohne gleich in der Nähe, in Blomsterdalen. Und dann trinken wir eine Flasche Wein … Ich … ich habe auch einen guten Whisky, einen ›Chivas Regal‹.«

»Ach nein, lieber Anders, das geht nicht.«

Für eine Sekunde führte sie dieses Kinderspiel dann doch in Versuchung. »Dann glaub lieber, dass ich ein bisschen überspannt bin. Ich gehe jetzt auf eine lange Reise. Ich … ich fliege wirklich zu diesem Kongress nach Helsinki. Ich muss dort einen Vortrag halten … morgen Abend.«

»Mir ist plötzlich eingefallen, dass du keinen Rückflug von Oslo nach Bergen gebucht hast?«

»Am Donnerstag fliege ich weiter nach Moskau. Und in einer Woche mit der ›Aeroflot‹ nach Irkutsk. Von dort aus fahre ich mit der Bahn durch die Mongolei. Ich … ich will nach Peking.«

»Nach Peking? Wirklich?«

»Ein Freund von mir …«

»Du hast also doch einen Freund?«

»… ist Diplomat an der Norwegischen Botschaft in Peking. Er hat eine Reise nach Tibet für mich organisiert. Ich will eine Zeit lang dort leben, um den Buddhismus zu studieren.«

»Sag mal, machst du Witze?«

»Ich werde dort in einem Kloster leben. In der letzten Zeit ist einiges mit mir geschehen. Ich betrachte mich als Buddhistin.«

Wie leicht das Lügen doch war! Doch was sie hier erzählte, war nicht weniger phantastisch als die Wahrheit. Und in gewisser Hinsicht sagte sie ja auch die Wahrheit. In einer Sprache, die er verstehen konnte.

»Ja, so etwas in der Art hatte ich mir fast gedacht. Ich merke schon, dass hier in Rätseln gesprochen wird.«

»Hör zu, Anders. In Tibet lebt ein Hirte. In diesem Augenblick gießt er einen Liter Schafsmilch in einen großen Kupfereimer …«

»Und?«

»Spürst du nicht, dass auch du ein bisschen dort bist? Spürst du nicht, dass du ein Teil dieses Bergbauern bist und er ein Teil von dir?«

»Ich glaube dir ja, dass du morgen nach Helsinki fliegst. Es klingt tatsächlich überzeugend. Aber weiter ostwärts fliegst du bestimmt nicht.«

Er blickte zu ihr hoch. Jetzt war er ein wenig gereizt.

»Dein Leben scheint ja recht langweilig zu sein. Aus irgendeinem Grund amüsiert es dich offenbar, mich zum Narren zu halten ... Mutter Aase!«

»?«

»Du hast doch nicht etwa vergessen, dass du Mutter Aase gespielt hast? Und ich den Peer Gynt? Haha ... Mutter Aases Tugend ...«

»Ich ...«

»Aber wie gesagt, das ist eine Weile her. Und du bist jetzt nicht auf dem Weg nach Soria Moria ... Was sagst du zu meinem Vorschlag, erst morgen zu fliegen? Morgen früh geht um 9.20 Uhr eine Maschine nach Oslo. Mit Anschluss an einen Flug nach Helsinki. Es gibt noch zweiunddreißig freie Plätze. Ich ... ich hab im Computer nachgesehen.«

»Ich reise weiter ostwärts, als du glaubst, Anders. Ich reise dem Sonnenaufgang entgegen. Ich bin unterwegs in das Land, aus dem alles Licht kommt. Das Land selbst ist finster wie die Nacht. Auch die Erde ist dunkel. Und dennoch wachsen Blumen auf ihr in allen Farben des Regenbogens. Ist das nicht seltsam? Hast du dir das schon mal überlegt?« Da wird sie vom Aufruf ihres Fluges unterbrochen.

»SK 328 for Oslo, gate number 5.«

»Viel Glück, Anders. Ich habe das Gefühl, etwas von meinem Leben mit dir geteilt zu haben.«

Er blickte wieder zu ihr hoch. Jetzt schien er sich fast zu fürchten. Und sie fügte hinzu:

»Eines Tages wirst du dieses Gespräch besser verstehen. Vielleicht schon im Herbst; sicher aber vor Weihnachten.«

Sie betonte jedes Wort. Aber das alles stürzte ihn nur in noch tiefere Verwirrung.

»Warte! Du bist mir wirklich wichtig, Jenny! Ich sitze fünf Tage pro Woche hier. Du brauchst bloß bei der ›SAS‹ anzurufen!«

Tausendfüßler

Jenny gleitet in die Menschenmenge und verschwimmt mit ihr. Sie spürt die Wärme ihrer Mitmenschen um sich herum. Und das tut gut.

Es ist, als sähe sie sich selbst in allen anderen, ja, in jedem Einzelnen von ihnen.

Sie ist nicht mehr nur sie selbst. Jetzt ist sie auch der steife Geschäftsmann mit dem Diplomatenkoffer. Sie ist die junge Mutter mit ihrem

Säugling im Tragetuch. Sie ist das kleine Kind, das im Jahre 2000 siebzehn Jahre alt sein wird ...

Jenny ist in Oslo. Sie ist in Helsinki, sie steht auf dem Roten Platz in Moskau, sie läuft zum Bahnhof von Irkutsk, sie fährt mit dem Rad über den Platz des Himmlischen Friedens in Peking, sie steht vor einem Fenster des Potala-Palastes in Lhasa ...

Tausend Bilder, Eindrücke und Situationen flimmern wie ein lebendiges Mosaik an ihrem inneren Auge vorüber. Augenblicke aus dem Menschenleben. Wie eine Lawine brechen sie über Jenny herein ...

Jenny ist in Landås mit dem Dreirad unterwegs. Jenny wird konfirmiert. Jenny heiratet. Jenny bringt ein Kind zur Welt ...

Jenny streift nach einer Herzoperation die Gummihandschuhe ab. Sie pflügt den kargen Acker mit einem von Ochsen gezogenen Holzpflug. Sie verlässt das Mondlandefahrzeug und setzt als erster Mensch ihren Fuß auf den Mond ...

Jenny ist Metzger in Chicago, Hirte in Syrien, Grubenarbeiter in Südafrika und Computerexperte in Tokio ...

Sie ist Regenmacherin in Afrika, Schamanin in Sibirien, Blótmaðr bei den Wikingern, Imam in Tunesien, Pater in Turin, Vorstadtpastorin in Åsane, Astrophysiker in Berkeley, Lama in Tibet ...

Ja, denkt sie glücklich. Das alles bin ich. Ich lebe nicht nur mein eigenes Leben.

Sie wirft den Kopf in den Nacken und blickt über die Schlange hinweg, die sich auf dem Flughafen vor Ausgang 5 sammelt.

Hier bin ich, denkt sie. Das alles bin ich.

Ich bin ein Tausendfüßler. Ein Tausendköpfler.

So werde ich noch lange, lange, nachdem ich verschwunden bin, in der Welt umherwimmeln.

Sie zeigt ihre Bordkarte vor und geht zum Flugzeug.

Bodvar Viking.

Auch Jenny ist einst Wikinger gewesen. Sie hat Freyja Opfer dargebracht. Sie hat den Glauben an den Weißen Christus angenommen.

Jetzt benutzt sie nicht mehr Boot oder Pferd als Verkehrsmittel. Heute nimmt Jenny das Flugzeug.

Sie hat diese Maschine konstruiert, die jetzt die Wolken am Himmel durchpflügt. Jetzt sollten ihre Eltern sie sehen. Bodvar Viking und Gudrun Frøysdottir in Bjørgvin.

Stolz wie eine Königin schreitet sie ins Flugzeug.

Sie lächelt die Stewardess strahlend an, und die quittiert das mit einem professionellen »SAS«-Lächeln.

Jenny hat das Gefühl, ein Spiegelbild anzulächeln. Sie glaubt, diese Stewardess besser zu kennen als sich selber.

»Guten Abend, meine Damen und Herren. Kapitän Andersen und seine Besatzung heißen Sie an Bord dieser DC-9-Maschine nach Oslo willkommen. Die Flugzeit heute Abend beträgt fünfunddreißig Minuten.

Wir bitten Sie, das Faltblatt mit den Sicherheitsvorschriften, das sich in der Sitztasche vor Ihnen befindet, aufmerksam zu lesen. Die Notausgänge sind mit der Aufschrift EXIT gekennzeichnet. Die Rettungswesten befinden sich unter Ihrem Sitz. Handgepäck darf nicht im Mittelgang abgelegt werden.

Wir möchten Sie bitten, die Sicherheitsgurte anzulegen, und wünschen Ihnen einen angenehmen Flug.«

Das Flugzeug hält auf die nördliche Startbahn zu. Dann brüllt der Motor des gewaltigen Ungetüms auf, das Flugzeug beschleunigt und hebt schließlich ab.

Jenny ist glücklich.

Dort unten sieht sie die Lichter von Hjellestad und Milde. Legoland. Tausend winzige Häuschen auf einer Halbinsel zwischen Bergen und Hängen am Meer.

So, ja. Leb wohl, Bergen!

Jetzt warten nur noch Schmerzen auf sie.

Anhang

1. Erklärung von Begriffen und Sachverhalten

Abendmahl
Die Evangelisten Matthäus, Markus und Lukas sowie Paulus erzählen von einem Abschiedsmahl Jesu mit seinen Jüngern als Zeichen seiner über den Tod hinausgehenden Verbundenheit (Mt 26,26–29; Mk 14,22–25; Lk 22,19–20.18; 1 Kor 11,23–25). Die Texte verfolgen nicht die Absicht, den historischen Ablauf des Abendmahles zu protokollieren, sondern sollen die Erinnerung an Jesus wach halten, der seinen Jüngern seine bleibende Gegenwart zugesagt hat.

Adam und Eva
Nach der biblischen Überlieferung (Gen 2,4b–25) soll Adam der erste Mensch gewesen sein. Man kann aber Adam auch als Sammelbegriff für »den Menschen« verstehen. Sprachlich lässt sich Adam im Hebräischen mit Adama (Erde) in Verbindung bringen. Adam: der Mensch, d.h. jeder Mensch, der aus Erde geschaffen ist und am Ende des Lebens wieder zur Erde zurückkehrt – so die biblische Sage (»Ätiologie«). Eva bedeutet »Mutter alles Lebendigen«. Beide, Adam und Eva sind nach biblischem Verständnis von Gott geschaffen und erhalten von daher ihre Würde.

Alice im Wunderland
1865 erschienenes Buch von Lewis Carroll (Pseudonym für Reverend Charles Lutwidge Dodgson), das auch heute noch als Klassiker der Kinder- und Jugendliteratur gilt.

Asket
jemand, der zur Entwicklung von Bedürfnislosigkeit, Willenskraft und zum »Abschütteln« von Leidenschaften Übungen durchführt. Der Buddhismus kennt als asketische Übungen etwa: Tragen von Lumpenkleidern, Tragen eines aus drei Teilen bestehenden Gewandes, Essen von erbettelter Nahrung, nur eine Mahlzeit am Tag zu sich Nehmen, keine Zwischenmahlzeiten zu sich Nehmen, sich an einem einsamen abgeschiedenen Ort Aufhalten, nur Sitzen, nicht Liegen.

Astronomie
(griechisch: Sternenkunde) die Lehre von der räumlichen Anordnung und Bewegung, der Beschaffenheit und Entwicklung der Himmelskörper.

Barabbas
in der Passionsgeschichte Jesu erwähnter Mörder und Aufständischer, der von Pilatus anstelle von Jesus freigelassen wird.

Begegnung der vierten Art
Als eine Begegnung der vierten Art wird der Mitflug in einem außerirdischen Raumschiff, freiwillig oder auch durch Entführung, bezeichnet. Dabei werden meist auch medizinische Tests gegen den Willen der Entführten vorgenommen.

Bernini, Giovanni Lorenzo (1598–1680)
italienischer Architekt und Bildhauer, der als der bedeutendste Meister des Hochbarock gilt. Seine Baukomplexe vermitteln eine dynamische Gesamtwirkung und können als Ausdruck einer geistig durchdrungenen Sinnlichkeit betrachtet werden.

Blódmaðr
In vorchristlicher Zeit (Saga-Zeit) wurden so bei den Wikingern »Götzendiener« genannt, die ihre Opfer vermutlich mit Blutballons bespritzt haben. Der Begriff stammt aus dem Altnordischen. Dort entspricht der Buchstabe »ð« einem stimmhaften th-Laut; »ð« wird im heutigen Norwegischen nicht mehr gebraucht.

Buddha
der »Erwachte« (siehe: Erleuchtung)

christliche Mythologie, welche die Wirklichkeit verdoppelt
Damit ist die Lehre des Exemplarismus gemeint, der gemäß alles Endliche nach ewigen Urbildern gestaltet ist. Der Ursprung dieser Vorstellung liegt in der Patristik, als die platonische, philonische und neuscholastische Ideenlehre christlich umgeformt wurde. Erster Vertreter dieser Lehre war Aurelius Augustinus.

Dhamma
Gesetz, Recht, Ordnung, Sitte, Pflicht. Bezeichnung für die Gesamtheit der buddhistischen Lehre.

Elementarpartikel
Einfachste bisher bekannte Bausteine der Materie, die sich mit den gegenwärtig zur Verfügung stehenden Energien nicht in einfache Gebilde zerlegen lassen.

Erkenntnis
siehe: Erleuchtung

Erleuchtung
In Ermangelung eines geeigneteren Ausdrucks wird damit der Sanskritbegriff Bodhi (wörtlich »Erwachen«) und das japanische Satori oder Kensho übersetzt. »Erleuchtung« hat nichts mit einer »Lichterfahrung« zu tun. Vielmehr ist damit ein Erlebnis gemeint, bei dem ein Mensch in einem Nu der Leere inne wird, die er selbst ist – ebenso wie das gesamte Weltall Leere ist. Diese Erfahrung ermöglicht es, das wahre Wesen aller Dinge zu begreifen. Bei der Erfahrung von »Leere« handelt es sich nicht um eine nichtige Leerheit, sondern um das Unwahrnehmbare, Undenkbare, Unfühlbare, Unendliche jenseits von Sein und Nicht-Sein. Die Leere ist kein Objekt, das ein Subjekt erfährt, das Subjekt selbst geht in der Leere auf. Bei einer tiefen Erfahrung von Erleuchtung wird klar, dass Leere/Phänomene, Absolutes/Relatives, völlig eins sind. Das Erleben der Wahren-Wirklichkeit ist eben das Erleben dieses Einsseins. »Form ist nichts als Leere, Leere ist nichts als Form«, heißt es in einer buddhistischen Schrift. Da sind nicht zwei Welten. Durch tiefe Erleuchtung stirbt das Ego. Deshalb heißt es im Zen-Buddhismus: »Du musst einmal auf dem Kissen sterben.« Die Folge dieses »Sterbens« ist ein Leben in Freiheit und Frieden. – Ohne die Erleuchtung, d.h. das Erwachen, des historischen Buddha gäbe es keinen Buddhismus.

Erwachen
siehe: Erleuchtung

Erweckung
siehe: Erleuchtung

Freyja
(»Herrin«) eine germanisch-nordische Göttin aus dem Geschlecht der Vanen, Schwester des Gottes Frey (»Herr«), der unter anderem als Gott der Könige, Bauern, Krieger und Himmelsherr gilt.

Gottes Sohn
Der Titel »Sohn Gottes« ist vor allem als Bezeichnung für Jesus geläufig. Sohn Gottes ist aber schon aus dem Alten Orient und der Antike bekannt, wenn die Könige sich in einem »Sohnverhältnis« zur Gottheit verstanden, etwa der römische Kaiser. Auch das Erste Testament spricht davon: Im Buch der Weisheit wird etwa der »Gerechte« Gottes Sohn genannt (Weish 5,5). Bei Hosea ist sogar das ganze Volk Sohn Gottes. Es ist also immer eine Verhältnisbestimmung, nicht eine Wesensbezeichnung als Göttlichkeit ausgedrückt. Im Neuen Testament wird mit der Gottessohnschaft

Jesu seine ganz einzigartige Beziehung zu Gott zur Sprache gebracht (vgl. z.B. Joh 5,17–23; 1 Joh 4,15). Jesu Gottessohnschaft wird allerdings auch auf seinen Kreuzestod bezogen (Mk 15,39), um so einem überhöhten Verständnis Jesu zu wehren. Das dient vor allem dem christlichen Grundgedanken, dass Gott sich in Jesus auf diese Welt eingelassen hat und so das Menschsein voll und ganz teilt.

Gründonnerstag
Donnerstag der Karwoche; der Tag des letzten Mahles Jesu mit seinen Jüngern (nach 1 Kor 11,23). Der Name Gründonnerstag rührt wohl von dem Brauch her, an diesem Tag Grünes zu essen. Vielleicht kommt der Name aber auch vom »dies viridium« her, dem »Tag der Buße«, oder besser »Tag der Grünen«, also derer, die durch ihr Büßen wieder zu grünen, eben lebendigen Zweigen der Kirche werden.

Imam
(arabisch: Muster, Vorbild, Führer)
muslimischer Vorbeter; Bezeichnung für das Oberhaupt der muslimischen Gemeinde

Kloster
(von lateinisch claustrum)
Ein von der übrigen Welt abgeschlossenes Gebäude, in dem Mönche oder Nonnen nach den jeweiligen Ordensregeln wohnen und leben.

Kreuzigung
In der Antike war die Kreuzigung die übliche Todesstrafe für Schwerverbrecher, Aufständische und Kriegsverbrecher. Für Juden galt zumeist der am Kreuz Hingerichtete nicht nur als von der staatlichen Macht, sondern auch als von Gott verurteilt (Dtn 21,23). Christlich wird gerade der Kreuzestod Jesu als Heilstod geglaubt, der die Solidarität Gottes mit den Leidenden nachdrücklich hervorhebt. Besonders Paulus versteht im 1. Korintherbrief (1,18ff.) den gekreuzigten Jesus als Weisheit Gottes zum Heil der Glaubenden.

Lama
geistiger Lehrer im tibetischen Buddhismus (Vajrayana), der seine Schüler in der buddhistischen Lehre, die er selbst verkörpert, unterweist. Bedeutende Lamas sind in der Regel Tulkus, d.h. Wiederverkörperungen verstorbener Lamas. Der Dalai Lama – wörtlich übersetzt »Ozean der Weisheit« – ist seit dem 16. Jahrhundert das religiöse und politische Oberhaupt des tibetischen Buddhismus.

Lebenshunger
die Gier, welche das Immer-wieder-geboren-Werden in Gang hält.

magische Jahre
Zeit im Leben, die sich entwicklungspsychologisch dadurch auszeichnet, dass eine Offenheit für ein eher naives Weltverständnis besteht.

Mara
Teufel (in buddhistischer Vorstellung)

Maya
(sanskrit: Täuschung, Illusion, Schein)
im Buddhismus Bezeichnung für die sich ständig verändernde, unbeständige Welt der Erscheinungen und Formen, die ein unerleuchteter Geist als einzige Wirklichkeit ansieht, die aber nur »Illusion« und »Täuschung« darstellen.

Mein Gott, mein Gott, warum hast du mich verlassen?
Anspielung auf Psalm 22, der mit diesen Worten beginnt. In den synoptischen Evangelien wird dieser Psalm dem sterbenden Jesus in den Mund gelegt. (vgl. AKZENTE RELIGION 3, S. 128–131)

Middle Earth der Hobbits
Die History of Middle-earth ist eine insgesamt zwölf Bände umfassende Buchserie, in der zuvor unveröffentlichtes Material Tolkiens (Autor von »Der Herr der Ringe«) in zeitlicher Reihenfolge publiziert ist. Die Art der Texte ist unterschiedlich: ausführliche phantastische Erzählungen stehen neben komprimierten Zusammenfassungen, Gedichten und Essays, Wörterbüchern und linguistischen Erläuterungen zu den von Tolkien erfundenen Sprachen. Bei den Gestalten der Hobbits handelt es sich um eine besondere Menschen-Art (keine Zwerge), sie leben naturverbunden und sind frei von Ehrgeiz und Besitzstreben.

Mormonen
Am 6. 4. 1830 wurde von Joseph Smith die Kirche Jesu Christi der Heiligen der Letzten Tage gegründet. Ihren Namen erhielten die Anhänger durch Offenbarungen von Joseph Smith, die im Buch Mormon niedergeschrieben sind. 1847 errichteten die Mormonen ihren Gottesstaat Utah im Westen Nordamerikas. Ihr Tempel befindet sich in Salt Lake City.

Mutter Aase
siehe: Peer Gynt

Mysterium
(griechisch: Geheimnis)
im religiösen Sprachgebrauch wird der Begriff verwendet, um alles das zu kennzeichnen, was der rationalen Erkenntnis entzogen ist.

Nirwana
Das letzte Ziel jedes Wesens ist die Erlösung aus dem Geburtenkreislauf und damit Erlösung vom Leiden: Nirwana (oder Nibbana), d.h. das »Erlöschen« oder »Verwehen«. Vom Nirwana kann man am besten sagen, was es nicht ist: Es ist nicht das Immer-wieder-geboren-Werden. Es ist nicht das Paradies. Es ist nicht die Glückseligkeit. Man könnte es mit einer Flamme vergleichen, die erlöscht: Alle Begierden, Wünsche und Handlungen sind nicht mehr. Nirwana kann also auch schon zu Lebzeiten erreicht werden, denn es ist der Zustand, wo alle Dinge aufgehoben sind und auch die Wege für die Sprache enden.

Opferlamm
Christen deuten den Tod Jesu als Opfer zur Vergebung der Sünden. Mit der Metapher des Lammes Gottes bezeichnet Johannes der Täufer Jesus: »Dieser ist das Opferlamm Gottes, das die Schuld der ganzen Welt wegnimmt.« (Joh 1,29)

orthodox
rechtgläubig; in rechter Weise Gott lobend und preisend

Ostern
Fest der Auferweckung/Auferstehung Christi; höchstes christliches Fest

Paradoxon
(griechisch: gegen die Meinung)
ein widersinnig erscheinender Satz; Widerspruch, Ärgernis

Palmsonntag
der die Karwoche einleitende Sonntag vor Ostern; bei der feierlichen Prozession werden zur Erinnerung an den Einzug Jesu in Jerusalem Palm- und andere Grünzweige getragen.

Pater
(lateinisch: Vater)
Titel von Ordenspriestern

Peer Gynt
Symboldrama des Norwegers Henrik Ibsen (1828–1906), der als Wegbereiter des kritischen Realismus im europäischen Theater gilt. Das norwegische

Nationalepos Peer Gynt erzählt die Lebensgeschichte eines Bauernsohnes, der aus der Heimat zieht, um sich selbst zu suchen. Durch die ganze Welt muss er erst, um endlich bei sich anzukommen. Zu Hause, wo Solveig und Peers Mutter Aase ein Leben lang auf ihn gewartet haben, nimmt Solveig den erschöpften Greis in die Arme. Sie ist schön und jung wie damals. Peers Mutter Aase ist tot.

Pirouette
(französisch: Kreisel)
seit 1765 bekannte kreiselartige Tanzbewegung des Körpers auf einem Fuß

Potala-Palast in Lhasa
Er ist die Krönung des roten Berges in Lhasa, der während langer Zeit verbotenen Stadt. Seit dem Beginn des Buddhismus in Tibet ist Lhasa Sitz des Oberhauptes, des Dalai Lama. Der Potala-Palast wurde vor ca. 300 Jahren vom 5. Dalai Lama erbaut. Die Tibeterinnen und Tibeter träumen davon, dass eines Tages der vor der chinesischen Okkupation nach Indien ins Exil geflohene Dalai Lama wieder von Lhasa aus seine religiöse Herrschaft wird ausüben können.

Radiologie
Strahlenheilkunde

Radioteleskop
Gerät zum Empfang elektromagnetischer Strahlung aus dem Weltraum

Regenmacherin
In fast allen frühen Agrarkulturen findet sich Regenzauber. Durch eine magische Handlung, die von einem Medizinmann, einer Zauberin oder einem Priester vorgenommen wird, soll – meist indem Wasser ausgegossen oder Lärm gemacht wird – Donner und Regen vorweggenommen werden.

Revolverdesperado
(spanisch) Radikaler, Revolutionär, der durch Gewaltanwendung alles aufs Spiel setzt

Saatkorn, das ins Erdreich fallen und sterben muss
Anspielung auf Joh 12,24–25: »Ich sage euch: Das Weizenkorn muss in die Erde fallen und sterben, sonst bleibt es ein einzelnes Korn. Aber wenn es stirbt, bringt es viel Frucht. Wer sein Leben liebt, wird es verlieren. Wer aber sein Leben in dieser Welt gering achtet, wird es für das ewige Leben bewahren.«

SAS
Abkürzung für »Scandinavian Airlines System«, die gemeinsame Fluggesellschaft skandinavischer Länder

Schamane
Person, welche die Technik beherrscht, sich durch Tanz oder Narkotika in Trancezustände zu versetzen, um eine Seelenreise zum Himmel zu unternehmen oder sich mit Geistern in Verbindung zu setzen. Schamanismus ist keine abgesonderte eigenständige Religion, sondern durchzieht viele Religionen. Ziel ist es, übersinnliche Erkenntnisse zu erlangen, böse Geister zu bannen und gnädige Geister um Beistand für die Menschen zu gewinnen. Es gibt männliche wie weibliche Schamanen.

Siddhartha
Name des historischen Buddha

siebenter Tag, als der Herr geruht hatte
Anspielung auf das priesterschriftliche Schöpfungslied von Gen 1,1–2,4a, dem zufolge Gott nach all seinem Schöpfungswerk am Sabbat, dem letzten Tag der Woche, ruhte: zum Vorbild für den Menschen.

synthetisches Adrenalin
künstlich hergestelltes Adrenalin (ein biogenes Amin); Adrenalin bewirkt die Reizung des zum vegetativen Nervensystem gehörenden Sympathikus.

Talmi
Bezeichnung für vergoldetes Messingblech und für unedlen Schmuck und Münznachbildungen allgemein

Theresia von Ávila (1515–1582)
eine der größten Mystikerinnen des Christentums, Ordensreformerin und Klassikerin der spanischen Literatur

Vexierbild
Such- oder Rätselbild; ein Bild, das versteckt ein anderes enthält

Via dolorosa
(lateinisch: Leidensweg)
die Via dolorosa, der Kreuzweg Jesu in Jerusalem reicht über 14 Stationen bis zur Grabeskirche

Wirklichkeit (buddhistisch)
siehe: Erleuchtung

M1 Buddhismus: Erlösung vom leidvollen Dasein – Ein Überblick

Geschichtliches: Im 6. Jahrhundert v. Chr. entstehen in Opposition zur herrschenden Priesterkaste in Indien mehrere Reformbewegungen, die meist von Laien begründet werden. Eine davon ist der Buddhismus. Er geht auf Siddhartha Gautama (etwa 560–480 v. Chr.) zurück. Im Alter von knapp 30 Jahren verlässt er seinen Palast und seine Familie, um als Wandermönch die Wahrheit zu suchen. Nach sieben Jahren der Meditation und des Lebens in strengster Enthaltsamkeit gelangt er plötzlich zur Erleuchtung. Seitdem heißt er Buddha (= »der Erleuchtete«). Mehr als 40 Jahre durchzieht er Nordindien und verkündet seine Lehre, begleitet von einer wachsenden Zahl von Anhängern.

Etwa 100 Jahre nach Buddhas Tod beginnen sich zwei Hauptströmungen herauszubilden: der südliche Buddhismus, der Theravada-Buddhismus, in Sri Lanka, Burma, Siam, Laos und Kambodscha und der nördliche Buddhismus, das »große Fahrzeug«, in Nepal, Vietnam, China, Korea und Japan. Der Buddhismus entwickelte sich dank seiner Anpassungskraft zu einer Weltreligion, die einen bedeutenden Beitrag zur Einheit Ostasiens geleistet hat.

Heilige Schriften: Im »Dreikorb« sind drei verschiedenartige Textsammlungen vereinigt. Es gibt nur in einer einzigen indischen Sprache eine vollständige Ausgabe, den Pali-Kanon. Den Kern aller Fassungen der schriftlichen Überlieferung bilden Worte, die auf Buddha selbst zurückgeführt werden; sie enthalten Lehren und Lebensregeln. Die frühesten Aufzeichnungen stammen aus dem 1. Jahrhundert nach Buddhas Tod. Sie wurden in einem jahrhundertelangen Prozess überarbeitet und ergänzt. Es hat nie einen Kanon heiliger Schriften gegeben, den alle Richtungen des Buddhismus anerkannt hätten.

Glaubenslehre und Lebensregeln: Buddha wird von der Erfahrung bewegt, dass irdisches Glück sich stets als Illusion entlarvt, weil es widerlegt wird durch Armut, Krankheit, Alter und Tod. Nach langem Ringen gehen ihm die »vier edlen Wahrheiten« auf:

1. Leben ist Leiden.
2. Ursache des Leidens ist der Durst auf Leben; er äußert sich im Streben nach Macht und Lust.
3. Aufhebung des Leidens ist nur möglich durch Auslöschen des Lebensdurstes, durch das Loslassen von Wünschen, Sehnsüchten und Begierden.

4. Heilmittel ist der achtgliedrige Pfad, der einzige Weg der Selbsterlösung aus dem Kreislauf der Wiedergeburten. Er führt über grenzenlose Freundlichkeit, grenzenloses Mitgefühl und grenzenlosen Verzicht auf alles Haben-Wollen. Notwendig gehört auch die Meditation dazu, um von sich selbst loszukommen.

Am Ende dieses Weges vergeht der Mensch im Nirwana (= »Erlöschen«, »Verwehen«), einem Zustand unvorstellbarer Ruhe, Begierdelosigkeit und Leidfreiheit.

Die Frage nach Gott hat Buddha nicht beantworten wollen. Sie lenkt den Menschen ab von der Überwindung des Leidens; er verhielte sich wie ein Verletzter, der – von einem giftigen Pfeil getroffen – sich nicht heilen lassen möchte, ehe er den Schützen und dessen Motiv kennt.

Trotzdem gibt es buddhistische Richtungen, die Buddha wie einen Gott verehren. Dazu gehört das »große Fahrzeug« (Mahayana); es bietet Raum für alle Menschen, die durch die Verehrung Buddhas, durch religiöse Handlungen (Gebete, Opfer, Wallfahrten) und durch tätiges Mitleiden mit allen Lebewesen zur Erlösung gelangen können. Der Theravada-Buddhismus hat vor allem für Mönche Platz. Er ist die radikalste Form und hat die ursprüngliche Lehre Buddhas am reinsten bewahrt.

(Aus: Ilsetraud Ix/Rüdiger Kaldewey, Was in Religion Sache ist. Lern- und Lebenswissen, Patmos Verlag, Düsseldorf 1988/1999, S. 13.)

M2 Eine Buddha-Statue und ihre Bedeutung

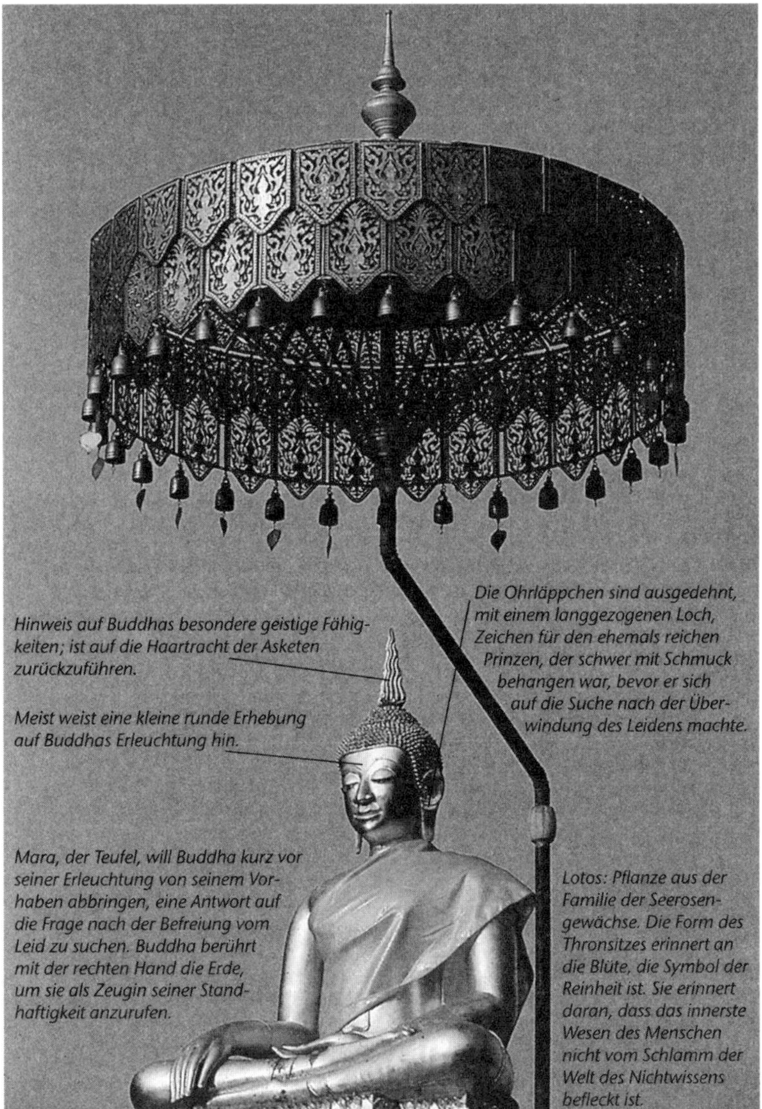

M3 Die vier edlen Wahrheiten und der achtteilige Pfad – Grundlagen

Am Anfang der Lehre des Buddha steht nicht die Frage nach Gott, nicht die Frage nach der Welt, nicht die Frage nach dem Menschen, nicht die Frage nach der Liebe, nicht die Frage nach der Wahrheit, nicht die Frage nach der sozialen Gerechtigkeit. Diese Fragen bilden den Ausgangspunkt großer Religionen, bedeutender Philosophien und mächtiger sozialer Bewegungen. Der Buddha setzt bei einer anderen Frage an. Das *Leiden* aller Wesen steht am Anfang und im Mittelpunkt seines Denkens. Allerdings sollte man diesen Ausgangspunkt der Lehre nicht als Zeichen pessimistischer Seelenstimmung des Buddha deuten, da er ja auch einen Weg zur Leidüberwindung/Erlösung gefunden hat. In seiner ersten Predigt, mit der er das Rad der Lehre in Bewegung setzte, hat er als Kern seiner Lehre *»die vier edlen Wahrheiten vom Leid«* formuliert.

(1) Die *erste edle Wahrheit* besagt, dass *alles Dasein Leid* (»Dukkha«) ist. Mit dieser ersten Aussage soll nicht geleugnet werden, dass es im Leben Freude, Lust und angenehme Erfahrungen gibt. Aber das uns zugängliche Glück ist immer unbeständig, nie ein sicherer Besitz, immer begrenzt, nie von Dauer. Wir können unser Glück nicht festhalten. Es entspricht nicht dem Anspruch, den wir an das Glück stellen. Wir können nicht ohne Trauer, Schmerz, Enttäuschung, Gram und Verzweiflung leben. Das ganze Leben bringt Leiden mit sich und führt schließlich zum Tod. Darum gilt diese erste Wahrheit nicht nur für gelegentliche Situationen des Lebens, sondern für das Leben schlechthin. Generell gilt: Das Leiden ist der Grundzustand unseres Lebens. Alles Leben ist Leid.

(2) Die *zweite edle Wahrheit* bezieht sich auf den *Ursprung des Leidens*. Das Leiden wird hier nicht durch ein Prinzip des Bösen oder durch einen personalen Teufel erklärt. Es kommt auch nicht aus einer Ursünde oder aus der freien Entscheidung des Menschen. Für den Buddha hat das Leiden einen anderen Ursprung. Der Lebensdurst bewirkt das Leiden. Gier/Begierde und Hass, Unwissenheit und Verblendung sind wie ein Gift, das sich auf jede Tat legt. Sie bewirken ein böses Karma, das zur Fortsetzung des elenden, ewig andauernden Lebensprozesses führt. So treibt der Lebensdurst die Wesen in den ewigen Kreislauf von Werden und Vergehen (»Samsara«). Solange sich der Kreislauf des Lebens bewegt, nehmen die Qualen des Daseins kein Ende. Der »Durst auf Lust« zeigt sich am stärksten in der Habsucht und in der sexuellen Begierde. Diese beiden Formen der

Gier, Hass und Verblendung
In der Lehre des Buddha wird der »Durst, welcher zur Wiedergeburt führt« oft als Gier bezeichnet. Zusammen mit den beiden anderen Triebkräften Hass und Verblendung bewirkt sie alles Karma. Nur wer sie in sich besiegt, erlangt die Erlösung.

Welche Tat, Mönche, ohne Gier, ohne Hass und ohne Verblendung getan worden ist, nachdem man (jene drei Affekte) vernichtet hat, diese Tat ist aufgehoben, an der Wurzel abgeschnitten, einer entwurzelten Palme gleichgemacht, am Werden (d.h. karmischen Reifen) gehindert, zukünftig nicht dem Gesetz des Werdens unterworfen

Aus dem 2. Korb des Pali-Kanon. Anguttara-Nikaya III 33,2

Gier schließen den Wunsch nach Genuss und Besitz ein, enden aber stets im Leiden, weil sie immer von Enttäuschung und Verlust eingeholt werden.

(3) Die *dritte edle Wahrheit* weiß von der *Aufhebung des Leids*. Diese Wahrheit, die sich zwingend aus den beiden ersten Wahrheiten ergibt, ist die Erlösungsbotschaft des Buddhismus. Sie besagt, dass es ein Ende des Leidens gibt. Dazu muss man seine Quelle, den Lebensdurst, vernichten, der ein Karma bewirkt, das immer wieder den Eintritt in den unheilvollen Kreislauf des Lebens zur Folge hat. Wer die Erlösung erlangen will, muss auch die Unwissenheit überwinden, die die Leidhaftigkeit alles Daseins nicht durchschaut. Durch die Auslöschung von Lebensdurst und Unwissenheit wird ein neuer Eintritt in den ewigen Kreislauf verhindert.

(4) Die *vierte edle Wahrheit* zeigt den *Weg zur Aufhebung des Leids*. Es ist der *»achtteilige Pfad«*, ein »mittlerer Weg« zwischen gieriger Lust und asketischer Härte.

Der Buddha geht bei der Verkündigung der vier edlen Wahrheiten wie ein *Arzt* vor, der zunächst (1) die Symptome beschreibt und dann (2) eine Diagnose versucht, die auf die Ursache der Krankheit eingeht. Es folgt schließlich (3) eine Therapie, die (4) zeigt, was zur Beseitigung der Krankheit getan werden muss und welche Medikamente Heilung versprechen. Es ist möglich, dass der Buddha die Kunst der damaligen Ärzte bewundert und sie als Modell für seine Lehre genommen hat.

Auch der achtteilige Pfad gehört zu den Grundlagen der Lehre. Wer ihn geht, hält sich von gefährlichen Extremen fern. Es ist ein *mittlerer Weg* zwischen zügellosem Hedonismus und ruinöser Askese. Er will weder Ausschweifung noch Selbstkasteiung. Auch darin zeigt sich die Weisheit des Buddha.

Der achtteilige Pfad ist *kein religiöser Weg*. Er begründet keinen Gottesdienst, keinen Kult und keine Liturgie. Auch die Liebe hat hier keinen Ort. Sie würde das Karma eher stärken als schwächen. Keines seiner acht Glieder ist ritueller oder sakraler Natur.

Er ist auch *kein Weg der Logik oder der philosophischen Reflexion*. Er strebt

Die vier edlen Wahrheiten

Die erste große Rede nach seiner Erleuchtung hielt der Buddha im Gazellenhain Isipatana in Benares. Darin legte er das Fundament seiner Lehre:

Wahrlich, ihr Mönche, das ist die edle Wahrheit vom Leiden: Geburt ist leidvoll, Krankheit ist leidvoll, der Tod ist leidvoll, mit Unlieben vereint, von Lieben getrennt sein ist leidvoll, nicht erlangen, was man begehrt, ist leidvoll, kurz die fünf Gruppen von Daseinsfaktoren, die das Hängen an der Welt verursachen, sind leidvoll.

Dies, ihr Mönche, ist die edle Wahrheit vom Entstehen des Leidens: Es ist der Durst, welcher zur Wiedergeburt führt, der vereint mit Freude und Begehren sich hier und dort an diesem ergötzt, der Durst nach dem Werden, der Durst nach Vernichtung.

Dies, ihr Mönche, ist die edle Wahrheit von der Aufhebung des Leides: Jene Aufhebung durch das restlose Aufgeben der Leidenschaft; die Entsagung, das Verlassen, das Freiwerden, das sich Abwenden von dem Durst.

Dies, ihr Mönche, ist die edle Wahrheit vom Wege, der zur Vernichtung des Leides führt: Es ist der achtteilige Pfad, der da heißt: rechte Ansicht, rechtes Wollen, rechte Rede, rechtes Handeln, rechtes Leben, rechte Anstrengung, rechte Achtsamkeit, rechte Meditation.

Aus dem 1. Korb des Pali-Kanon: Mahavagga I 6,17 ff.

nicht Begriffsklarheit an und entwickelt kein rationales Konzept oder metaphysisches System.

Der edle achtteilige Pfad hat am ehesten *ethischen* Charakter. Er nennt die Schritte, die zur endgültigen *Erlösung führen*. Man kann die Weisungen des achtteiligen Pfades allerdings nur mit Einschränkung als Gebote oder Imperative ansehen. Der Buddha gebietet niemandem und bestraft keinen, der diesen Pfad nicht geht. Da es einem Laien kaum möglich ist, im alltäglichen Leben alle acht Stationen des Pfades zu gehen, richtet er sich vor allem an Mönche und Nonnen, die die Welt verlassen haben. Sie können den schweren, aber lohnenswerten Pfad leichter gehen.

Im Grund ist der achtteilige Pfad die Antwort des Buddha auf das *Weltgesetz von Karma* und *Samsara*, das jedem Wesen im Lebenskreislauf die Folgen seiner Taten zuweist und darin »straft« und »belohnt«. Wer diesem unheilvollen Weltgesetz entgehen will, wer auch keine gute Wiedergeburt mehr anstrebt, muss allmählich dazu kommen, überhaupt kein Karma mehr anzusammeln. Auf dem achtteiligen Pfad kann er von dem Gesetz des Karma frei werden und die endgültige Erlösung/Erlöschung finden.

Die acht Regeln geben nicht Stationen an, die man einzeln ansteuern muss, um an das Ziel zu kommen. Sie lassen sich nicht klar voneinander abgrenzen und beschreiben eher ein Miteinander als ein Nacheinander. Alle Regeln sind wichtig, keine darf vernachlässigt werden.

Der mittlere Weg –
Der achtteilige Pfad

In der ersten Rede nach seiner Erleuchtung lehrt der Buddha im Gazellenhain von Benares über den einzuschlagenden Weg zur Erlösung:

Zwei gegensätzliche Verhaltensweisen gibt es, ihr Mönche, nach denen sich ein Asket, der der Welt entsagte, nicht richten soll. Welche zwei?

Die eine, die bei den Begierden sich der Lust und der Freude hingibt, die niedrige, von hässlicher Art, die dem gewöhnlichen Menschen angemessen, unedel, zu keinem Ziel führt.

Und es ist jene, die sich der Selbstpeinigung hingibt, die leidvolle, unedle, die keinen Zweck hat.

Diese beiden Gegensätze vermeidend führt der durch den Vollendeten offenbar gewordene mittlere Pfad, der Schau und Erkenntnis bewirkt, zur Ruhe, zum Wissen, zur Erleuchtung, zum Verlöschen (zum Nirwana). …

Es ist der edle achtteilige Pfad: rechte Ansicht, rechtes Wollen, rechte Rede, rechtes Handeln, rechtes Leben, rechte Anstrengung, rechte Achtsamkeit, rechte Meditation.

Aus dem 1. Korb des Pali-Kanon: Mahavagga I 6,17 ff.

Eine mögliche *Gliederung* unterscheidet drei Gruppen: (1–2) Zuwendung zur Lehre, d.h. Anerkennung, dass diese den richtigen Weg weist; (3–5) Sittlichkeit; (6–8) Meditation, Hinführung und Ziel.

Die buddhistischen Schulen lehren, was mit den einzelnen Regeln gemeint ist.

(1) *Rechte Ansicht* ist die Voraussetzung des achtteiligen edlen Pfades. Sie umfasst Erkenntnis und Anerkennung der vier edlen Wahrheiten und der Einsicht, dass das »Ich« keine eigene Substanz ist.

(2) *Rechtes Wollen* macht Ernst mit der Einsicht und setzt sie um, indem sie Befreiung von Begierde und Hass anzielt, Wohlwollen gegenüber anderen praktiziert und Lebewesen nicht schädigt.

(3) *Rechte Rede* meidet Lüge, Verleumdung, Schimpfen, unnützes Gerede, rohe Sprache, eitles Geschwätz und Klatsch. Sie regt andere zu heilsamem Tun an.

(4) *Rechtes Handeln* unterlässt Töten, Stehlen und sexuelle Ausschweifung. Wer als Mönch gegen eines dieser drei Verbote verstößt, muss mit der Entlassung aus dem Orden rechnen.

(5) *Rechtes Leben* bedeutet, einen Beruf auszuüben, der anderen keinen Nachteil bringt und ihnen kein Leid zufügt. Untersagt sind Wucher, Betrügerei, Verführung, Wahrsagerei. Der Handel mit Waffen, Lebewesen, Fleisch, berauschenden Getränken und Gift ist verboten. Buddhisten sollen nicht Schlächter, Metzger, Jäger, Fischer oder Henker werden. Berufe dieser Art werden in buddhistischen Ländern von Christen oder Muslimen ausgeübt. Sonst ist ein einträgliches Erwerbsleben nicht verpönt. Berufliche Tüchtigkeit und redlich gewonnenes Eigentum finden durchaus Anerkennung.

(6) *Rechte Anstrengung* unterbindet die Gemütsregungen, die der Meditation entgegenstehen. Sie bemüht sich um Zügelung der Sinne, durch die das gefährliche Begehren angeregt wird. Wer seine Affekte beherrscht und dem Schönen und Hässlichen gegenüber gleichmütig wird, kommt der Meditation näher.

(7) *Rechte Achtsamkeit*, die auch rechte Bewusstheit ist, bedeutet, den ganzen menschlichen Körper in seiner Zusammengesetztheit mit all seinen Eigenarten vom Scheitel bis zur Sohle wahrzunehmen. Alle menschlichen Funktionen wie Atmen, Gehen, Ruhen, Wahrnehmen, Fühlen, Sich-Erregen und Denken werden ins Bewusstsein gehoben, um sie in die Zucht des Geistes zu bringen. Auch die Wahl des richtigen Zeitpunkts und die richtige Körperstellung ist für die Meditation von Bedeutung.

(8) *Rechte Meditation (»Samadhi«)* ist das Ziel des achtteiligen Pfades. Erst hier kommt es zur letzten Einsicht und Freiheit. Erst hier wird das Leiden überwunden, weil hier der Ausstieg aus dem Kreislauf des Seins gelingt. Um zur rechten Meditation zu kommen, haben die buddhistischen Schulen ein vielseitiges Repertoire von Methoden und Techniken entwickelt, die noch heute in den Klöstern eingeübt werden. Es gibt mehrere Stufen des Sich-Versenkens. Am Anfang steht ein Nachdenken, das von Gier und Lust frei ist. Hohe Stufen der Meditation sind das Erlebnis der Unendlichkeit des Bewusstseins und das Erlebnis der Nichtsheit (»Leere«) aller Dinge. Am äußersten Ende steht der Zustand der Tieftrance, in dem es weder Wahrnehmen noch Nicht-Wahrnehmen gibt. Auf dieser achten Stufe des Pfades erhält der Betrachtende einen Geschmack der Erlösung.

(Aus: Werner Trutwin, Die Weltreligionen: Buddhismus, Patmos Verlag, Düsseldorf 1998, S. 54–58)

M4 Buddhismus und Christentum im Gespräch – Eine Geschichte

Ein Student, der den Zen-Meister Gasan besuchte, fragte diesen: »Haben Sie jemals die christliche Bibel gelesen?« »Nein, lies sie mir vor«, sagte Gasan.
Der Student öffnete die Bibel und las aus dem Matthäus-Evangelium: »Und warum sorgt ihr euch um Kleidung? Betrachtet die Lilien auf dem Felde, wie sie wachsen; sie arbeiten nicht und spinnen nicht und doch sage ich euch: Selbst Salomo in all seiner Pracht war nicht gekleidet wie eine von ihnen ... Sorgt euch darum nicht ängstlich um den morgigen Tag, denn der morgige Tag wird für sich selbst sorgen.«
Gasan sagte: »Wer solche Worte aussprach, ist meiner Meinung nach ein erleuchteter Mensch.«
Der Student fuhr fort zu lesen: »Bittet und es wird euch gegeben werden; suchet und ihr werdet finden; wer anklopft, dem wird aufgetan werden.«
Gasan bemerkte: »Das ist ausgezeichnet. Wer das sagte, ist nicht fern der Buddhaschaft.«

(Aus: Paul Reps [Hrsg.], Ohne Worte – ohne Schweigen, Scherz Verlag, Bern, München, Wien 1977, S. 38)

M5 Zum Dialog von Christen und Buddhisten

Ein Vergleich zwischen Buddha und Jesus ist oft versucht worden, ebenso oft ist dieses Bemühen geprägt durch den eigenen theologischen Standort und das Eingebundensein in die jeweiligen Zeitströmungen. Aus dem Blickwinkel strenger Orthodoxie wird wechselseitig unvergleichbare Einmaligkeit beansprucht, offensichtliche Parallelen erfahren gehörige Relativierung. Insofern ist ein Vergleich überhaupt nur möglich, wenn nicht von vorneherein dogmatische Festlegungen jede Gemeinsamkeit ausschließen. Geht man her und vergleicht den historischen Buddha mit dem Christus des nizäischen oder konstantinopolitanischen Glaubensbekenntnis, so hat man sich bereits für disparate Ausgangspunkte entschieden. Es lassen sich aber durchaus Siddhartha Gautama und Jesus von Nazaret in Beziehung zueinander setzen; ebenfalls die schriftliche Überlieferung, die an beide anknüpft oder die Deutungsanstrengungen, welche die Jüngerschaften beider Lehrer unternommen haben. Man kann wahrnehmen, dass sowohl »Buddha« als auch »Christus« Würdenamen sind, die dem Glauben der Gemeinde entspringen. Auf der Ebene der dogmatischen Entfaltung der an beide Menschen anknüpfenden Erfahrungen muss ein Vergleich bereits an der Inkommensurabilität der unterschiedlichen Denksysteme und philosophisch-theologischen Inhalte scheitern.

Im Vergleich der Persönlichkeiten lässt sich ganz äußerlich sagen: Buddha war ein langes Leben von etwa achtzig Jahren beschieden, ihm gegenüber hatte Jesus ein sehr kurzes Leben von etwa dreißig Jahren. Aus dem Leben beider sind nur wenige, meist legendarisch überformte Inhalte bekannt. Die Kenntnis Buddhas stützt sich auf einige Kernpunkte seines Lebens und die – allerdings umfangreiche – Überlieferung seiner Lehre. Die Kenntnis Jesu stützt sich allein auf die letzte Phase seiner öffentlichen Tätigkeit und die relativ knappe Wiedergabe seiner Botschaft.

Die Persönlichkeitsstrukturen vergleicht der Religionswissenschaftler Gustav Mensching (1901–1978) folgendermaßen: »Buddha war eine harmonische, in sich ruhende Persönlichkeit, deren wesentlichste Eigenschaften Milde und Freundlichkeit waren, jedoch ohne persönliche Anteilnahme. *Metta* (Pali, »Güte«, »Freundlichkeit«) ist impersonales Wohlwollen gegenüber allen Kreaturen. Buddhas Wohlwollen war Mitleid mit der leiderfüllten, d.h. im Unheil befindlichen Welt. Freude und Schmerz berührten ihn nicht. Jeder einzelne Fall leidvollen Schicksals, der dem Buddha berich-

tet wurde, war für ihn nur ein weiterer Fall universellen Weltleidens, auf das er ihn sogleich bezieht.
Jesus dagegen war eine wesentlich kompliziertere Persönlichkeit, die am Reichtum individuellen geistig-seelischen Lebens interessiert war und selbst ein reiches Innenleben entfaltete und nicht wie Buddha die mannigfaltigen Gemüts- und Seelenkräfte auf bloße Apathie reduzierte. Grundton des Lebens und der Persönlichkeit Jesu war die Liebe, die die Jünger aus Jesu Gottesverbundenheit ableiten und als Liebe Gottes verstehen … Einmütig ist das Zeugnis über Jesu liebevolles Verhalten zu den von der israelitischen Gesellschaft verachteten Zöllnern und Sündern sowie zu allen Leidenden und Mühseligen. So war Jesus, der von allen menschlichen Gemütsregungen bewegt wurde, in den Augen seiner Gemeinde eine Heilandsgestalt, während Buddha sich selbst nur als bloßen ›Wegweiser‹ bezeichnete.« Mensching resümiert mit der Feststellung, dass Buddha ein echter Mystiker war, ein Meister der Versenkung, Jesus dagegen ein prophetischer Reformator, der sein eigenes Volk aus dem Gottesverhältnis Israels heraus erneuern wollte.
Buddhisten betrachten Jesus, so sehr sie ihn in seinem Ethos schätzen, doch als einen Menschen, der noch auf dem Weg ist; sie sehen ihn nicht frei von Leidenschaften, wobei sie insbesondere auf die Tempelreinigung verweisen, und halten ihn allenfalls für einen Bodhisattva, der auf seinem Weg zur Buddhaschaft noch eine Strecke zurückzulegen hat.

Kritik des Buddhismus am Christentum
Die im Blick auf Jesus und Buddha berührten Punkte bestimmen auch die Sicht der Religionen, wie sie sich selbst wechselseitig beurteilen. Vor allem sind es die Einschätzungen von Welt und Geschichte, worin sich die Geister unterscheiden. Für den Buddhismus gehört die Welt zu einer letzten Urwirklichkeit, deren Werden und Vergehen zu durchschauen ist, um das wahrhafte Sein als wandellos zu erkennen. In diesem Zusammenhang wird auch die jüdisch-christliche Eschatologie abgelehnt, weil sie von der »Auferstehung des Fleisches«, das heißt von der Würde und Rettung des geschichtlich gelebten Lebens, bestimmt ist. Die Bestätigung eines individuellen, namentlichen Lebens über den Tod hinaus kann der Buddhist nur als Verurteilung zu erneuter, karmabedingter Wiedergeburt verstehen. Im Übrigen zeigen Stellungnahmen buddhistischer Gelehrter zum christlichen Glauben, wie sehr die traditionellen Glaubensformeln, da sie als sprachliche Metaphern und theologische Verkürzungen kaum durchschaut werden, zu Verstehensproblemen und Missdeutungen führen, die freilich viele Buddhisten auch mit anderen Menschen, Nichtchristen wie Christen, teilen. So etwa brachte der Chinese Lin Yu Tang das christliche

Erlösungsverständnis auf folgende Formel: »Als Adam und Eva verbotenerweise von einem Apfel aßen, wurde Gott so zornig, dass er sie und alle ihre Nachkommen zum Leiden verurteilte; als dann aber diese ihre Nachkommen Gottes eigenen Sohn töteten, war er darüber so erfreut, dass er allen vergab.«

Haupteinwand des Buddhismus gegen das Christentum ist letztlich das christliche Gottesverständnis, zumal das personale Gottesbild. Da der Buddhismus bereits die Ich-Identität des Menschen bestreitet, ist die Abwehr des Person-Begriffs für das Gottesbild umso verständlicher. Der Buddhismus will ja anleiten, den Schein-Charakter des Ich zu durchschauen. Da dem wahren Menschsein die Buddha-Natur zugrunde liegt, der Ich-Glaube diese aber verstellt, gilt es, den Wahn zu durchbrechen, denn je verbissener der Mensch sich an solchen Wahn klammert, desto mehr schadet er sich und anderen. Gottesvorstellungen wie die christliche halten den Geburtenkreislauf im Gange; letztlich ist für Buddhisten ein personal gedachter Gott selbst erlösungsbedürftig.

Hiermit hängt zusammen, dass sich im Buddhismus die Frage nach der Weltentstehung nicht als Frage nach einem Schöpfergott stellt. Die Frage nach der Herkunft der Welt bleibt ebenso unbeantwortet wie jede »Erklärung« der Transzendenz.

Im Blick auf das Christentum in seiner Geschichte urteilen Buddhisten, dass es der Welt keinen Frieden gebracht habe: weder würden die Christen untereinander Frieden halten, noch hätten sie sich in der Geschichte als Friedensstifter erwiesen. Darum sehen Buddhisten in den vom Christentum ausgehenden Wirkungen einen Unruhefaktor, der für unendliches Blutvergießen und Ströme von Leid oft verantwortlich und noch öfter mitverantwortlich war.

Kritik des Christentums am Buddhismus

Die voranstehend berührten Punkte stellen sich in der christlichen Gegenperspektive nicht minder kritisch dar. Wir können den Haupteinwand unter dem Aspekt der buddhistischen Ethik formulieren. Dass diese Ethik hochstehend ist und zumal die buddhistische Friedensliebe und Achtung der untermenschlichen Kreatur dem Christentum manches vorgibt, von dem es lernen kann, steht außer Frage. Einen nicht zu überschätzenden Fortschritt bedeutete auch der ethische Universalismus des Buddhismus gegenüber einem von Kastenschranken zergliederten Indien. Es lässt sich auch einem differenzierten christlichen Tugendkatalog ein nicht minder differenzierter buddhistischer Tugendkatalog analog an die Seite stellen. Und wenn man das christliche Ethos in dem Wort zusammenfassen darf: »Du sollst deinen Nächsten lieben wie dich selbst«, so darf man dieser Ma-

xime einen Mahayana-Satz entgegenstellen: »*Einer* Tugend, o Herr, sollte ein Bodhisattva sich ganz hingeben und ganz in ihr aufgehen. Dann sind alle Buddhatugenden von selbst vorhanden. Welches ist diese *eine* Tugend? Es ist das große Mitleid.« Doch eben hier setzen die christlichen Einwände an.
Es fehlt nicht an Theologen, die hinter dem buddhistischen Mitleid eine »verkappte Selbstsucht« sehen: »Sie ist in Wahrheit keine Liebe, sondern Gleichgültigkeit, vorsichtiges Abwenden einer Gefahr, denn sobald sie wirklich mit innerer Zuneigung verbunden wäre, würde sie ja zu einem neuen Haften am Sein, zu einem Mittel, die Kette der Geburten noch zu verlängern, also gar zu einem Übel« (Rudolf Schlunk). Gustav Mensching, der diese Kritik aufnimmt, ergänzt seinerseits: »Der buddhistische Heilsweg umfasst in der Tat drei Stufen, deren erste die ethische asketische Zucht, deren zweite dann die Versenkung mit ihren vier Stadien ist. Am Ende steht der Gleichmut, der die Voraussetzung von Erkenntnis und Erlösung ist.« Ähnlich bemerkt Hilko Wiardo Schomerus: »Im Grunde fesselt sittliches Verhalten, wenigstens soweit es sich positiv auswirkt, auch an die Welt und das Leben, ist also eigentlich auch etwas, das überwunden werden muss.« Selbst mit Blick auf den Zen-Buddhismus, dem die Theologen Hugo Lassalle und Heinrich Dumoulin alle Sympathie entgegenbrachten, wird gefragt, wie bei der Überwindung des eigensüchtigen Ich und seiner Affektstürme, »das blutvolle Leben mit seinem Hoffen und Erfüllen, seinem Jubeln und Trauern, seiner warmen Güte und berechtigt loderndem Zorn erhalten bleiben« kann. Und ebenfalls fragt der europäische Christ, ob nicht doch in der Spannung zwischen den Gegensätzen von Gut und Böse, Freud und Leid, Sieg und Niederlage mehr vom Wesen des Lebens beschlossen ist als in ihrem Leugnen und Aufheben.

So berechtigt die Kritik ist, mit der die Orthodoxien der Religionen sich wechselseitig wahrnehmen, so bedenklich ist es, wenn dies stets zu einem Entweder-Oder-Denken führt. Das Christentum hat aus seiner dogmatischen Schultradition heraus alle Neigung, sich vorschnell absolut zu setzen und damit einen dialogischen Lernprozess zu blockieren. Wenn es neben der traditionellen Dogmatik, zumal seiner allzu wissenden Gotteslehre, die eigene mystische Tradition wieder entdecken würde, gäbe es bessere Voraussetzungen für ein fruchtbares Gespräch mit dem Buddhismus. Nicht von ungefähr hat Bernhard Welte (1906–1983) in seinem Buch über Meister Eckhart mehrfach die zen-buddhistische Analogie dazu aufgezeigt. Eckhart unterscheidet zwischen Gott *(deus)* und Gottheit *(deitas)* und kann sagen: »Nie hat die Gottheit dies oder das gewirkt, sondern Gott erst schafft alle Dinge.« Damit hat er eine Brücke gebaut, die ein christlichbuddhistisches Gespräch ermöglicht. Und wenn er von dem »Fünklein der Seele« spricht, »an das Zeit und Raum nicht rühren«, kann der Buddhist darin das Wissen um die Buddha-Natur des Menschen wieder erkennen. Es gibt also Berührungspunkte, die – christlicherseits wieder entdeckt – im Gespräch mit dem Buddhismus dem Christentum helfen, verdrängte und tiefere Bereiche der eigenen Glaubenswelt neu zu erreichen und fruchtbar zu machen.

(Aus: Hubertus Halbfas, Religionen der Welt, Buddhismus, Glaube – Geschichte – Gegenwart, 32 Dias mit Begleitheft, Patmos Verlag, Düsseldorf 1999, S. 83–86)